Christian Ritter

Arbeitslos im Wirtschaftswunderland ein Leben lang

Spießrutenlauf eines Akademikers

Subjektiver Erfahrungsbericht

Bibliographische Informationen der Deutschen Nationalbibliothek:
Die Deutsche Nationalbibliothek verzeichnet diese Publikation in
der Deutschen Nationalbibliographie, detaillierte bibliographische
Daten sind im Internet über http://www.dnb.de abrufbar

© 2015 Christian Ritter
Covergestaltung und Satz: C. Ritter

Titelfoto: © bramgino, Niederlande
Lizenz Fotolia Bildagentur NYC
Abgebildetes Fotomodell steht in keinerlei Zusammenhang mit
dem Inhalt dieses Buches
Foto dient lediglich Cover-Gestaltungs-Zwecken

Herstellung und Verlag:
BoD – Books on Demand, Norderstedt

ISBN 9783739215310

Inhaltliche Irrtümer vorbehalten

Inhaltsverzeichnis

Vorwort 5
Hurra — Der Magister ist da 8
Ab zum Arbeitsamt 13
Tampons einsammeln 17
Picasso ein Irrweg — Beuys ein Scharlatan 20
Portemonnaies, Computer und Akademikerschwemme 25
ABM — Zauberformel für hoffnungslose Fälle 30
Europa-Assistent — Sprungbrett zur Karriere 37
Werbefotograf — Mein Traum seit Kindesbeinen 43
Berlin — Berlin — Berlin 46
Doktorstudium und Arbeitsmarktreform 50
Akropolis — Pompeji — Rom 55
Die Sieben Berge und Christo & Jeanne-Claude 57
Eine Kunstanstalt und ein Sonnenscheinverein 62
Gustav würde sich im Grabe herumdrehen 64
In die Kiste glotzen beim Schlagersängerneffen 74
Verlagsagent — Ohne Zwirn und Lack 78
Der Deutsche und seine Überqualifikation 80
Fleischwolf, Butterfass und Heiland 83
Eine berühmte Madonna und ein Musenchef 87
Stalking und Ingenieure 90
Call Center und ein Käfig voller Narren 98
Hartz-4 ist da 109
Lehrer gesucht — Von Pontius zu Pilatus 115

Rettungsboot Selbständigkeit 121
Das Bundesdorf, eine Sozialhütte und der Radioverein 125
Bewerben bis zum Erbrechen 133
Nachwort 137

Vorwort

Der vorliegende subjektive Erfahrungsbericht[1] behandelt die Jahre meiner Arbeitslosigkeit zwischen 1988, dem Jahr meines ersten Hochschulabschlusses, und heute, das heißt vor Zusammenlegung von Arbeitslosen- und Sozialhilfe zum Arbeitslosengeld II (ALG II) und danach (1. Januar 2005). Des besseren Verständnisses wegen sei bereits hier erwähnt, dass die damaligen Arbeitslosengeldbezieher beim klassischen Arbeitsamt verblieben, ab dato Agentur für Arbeit, und Arbeitslosengeld I (ALG I) bezogen.

Dies ist kein Buch der Zahlen, Daten und Statistiken. Hier geht es um das Allgemeine, um auf den Punkt gebrachte soziale Wahrheiten ohne Arithmetik.

Es ist dies nur der Ausschnitt eines Arbeitslosenlebens, doch mit den wichtigsten Stationen. Die Schilderung derselben ist ausreichend, um sich ein Bild davon zu machen, wie es einem Hochqualifizierten in der Bundesrepublik Deutschland ergehen kann. Akademikerarbeitslosigkeit ist kein Thema der Medien, weil das die öffentliche Argumentation in Frage stellte. Denn Qualifizierung gilt als bester Garant für einen Arbeitsplatz.

---

[1] Manche in diesem Büchlein wiedergegebenen Auffassungen und Titulierungen entspringen, gemäß der Subjektivität der Schilderung, der persönlichen Sicht des Autors und erheben deshalb keinen Anspruch, die Sache in letzter Konsequenz auf den Punkt zu bringen.

Die Schrift ist nicht alleine die chronologische Schilderung der einzelnen Stationen eines Lebens ohne Arbeit, der Meilensteine einer Erwerbslosenbiographie, sondern zugleich macht sie deutsche Mentalität im Allgemeinen und darin die der Arbeitgeber im Besondern sichtbar und damit die Gründe, weshalb in Deutschland kreative Köpfe ohne Lobby es schwer haben, gesellschaftlich Fuß zu fassen. Ängste und Vorbehalte gegenüber innovativem Denken und entsprechenden Ideen. Erwartungshaltungen und a-priori-Vorstellungen.

Darüber hinaus wird deutlich, was die Politik vor Hartz-4 und nach Hartz-4 falsch gemacht hat, und vor allem welche Summen an Steuermitteln, was die Arbeitsmarktpolitik anlangt, täglich verschleudert werden. Integrationsmaßnahmen, die nichts bringen außer Kosten, obendrein vollkommen absurd sind, nur um Betroffene aus der Statistik zu holen. Es geht nicht um die Frage, wie viele ohne Arbeit sind, sondern wie viele Transferleistungen beziehen. Dann wird einem das ganze Ausmaß unserer Zweiklassengesellschaft bewusst. In kaum einem anderen Land der Europäischen Union ist meines Erachtens der Graben zwischen denen, die nichts haben, und denen, die alles haben, so tief.

Ich vergleiche die vielen Jahre meiner Arbeitslosigkeit mit einem Leben im «offenen Strafvollzug», ohne denselben zu kennen. Nichtsdestoweniger stelle ich mir diesen so oder auf ähnliche Weise vor. Das Weggesperrtsein begründet anstatt elektronischer Fußfessel oder nächtlicher Mauer die Mauer im Kopf: nicht dazuzugehören, auf der anderen Seite des Flusses zu stehen, die Parallelgesellschaft zwar hautnah mitzuerleben, aber nicht ihr Mitglied sein zu dürfen, kurzum, im sozialen Rollstuhl zu sitzen.

Selbstverständlich widme ich diese Schrift den Arbeitslosen, insbesondere den Akademikern unter ihnen. Ich kann nur aus meiner Perspektive berichten. Nichtsdestoweniger möge aber auch jeder Nichtbetroffene das Büchlein lesen, um sich eine Vorstellung derer machen zu können, deren Schicksal er nicht teilt. Dann wird jedem Leser bewusst werden, von welch zwingender Notwendigkeit ein Umdenken in Deutschland ist.

Die Reportage soll Betroffenen Trost, Nichtbetroffenen Erkenntnis sein, denn Langzeitarbeitslosigkeit schafft seelisches Krüppeltum. Und das ist, alleine aus volkswirtschaftlicher Sicht betrachtet, ein ökonomischer Bremsklotz.

Christian Ritter

Hurra — Der Magister ist da

Ich war dabei, innere Purzelbäume zu schlagen, denn bald hätten sich alle meine Anstrengungen ausgezahlt und ich sei auf dem besten Wege zum beruflichen Erfolg.
Mit meiner schriftlichen Prüfungsarbeit des damaligen Magister Artium, dem Lehrer der Künste, war ich so gut wie fertig. Lediglich ein paar Korrekturen forderten ihren letzten Tribut. Immerhin, gut 100 Seiten akademischer Gelehrsamkeit hatte ich zustande gebracht und das bei meiner Herkunft.
Meine Eltern waren kleine Leute. Keine betuchten Akademiker mit den für ihre Sprösslinge wichtigen Netzwerken, um dieselben nach dem Studium nahtlos in den Beruf entlassen zu können. Nein, mein Vater war Handwerker im öffentlichen Dienst. Hatte es geschafft, durch Fleiß und Strebsamkeit, die deutschen Tugenden, die Meisterprüfung mit Bravour zu bestehen, und dadurch die Legitimation erhalten, Lehrlinge auszubilden. Aber sein Gehalt ließ zu wünschen übrig, wenn man sein Einkommen mit dem in der freien Wirtschaft verglich. Doch sein Arbeitsplatz war sicher und das war, was meinen Vater dazu bewogen hatte, dem öffentlichen Dienst seine Arbeitskraft zur Verfügung zu stellen. Denn auch er war ein Deutscher, für welchen Sicherheit an erster Stelle steht.
Meine Mutter war Hausfrau mit Handelsschule und damit beschäftigt, vier Kinder hochzupäppeln, bis Kultusminister PAUL MIKAT aufgrund des Baby-Booms Mitte der 1960er Jahre fest-

stellte, dass in NRW es zu wenige Lehrer gäbe. Demgemäß setzte er durch, dass entsprechend Geeignete durch Fortbildung die Möglichkeit erhielten, den Beruf des Pädagogen zu ergreifen. So konnte meine Mutter zur Lehrerin bzw. zum «Mikätzchen»[2] mutieren.

Der Doppelverdienst ließ die Herzen meiner Eltern höher schlagen. Endlich hatten sie es geschafft, katapultiert durch LUDWIG ERHARDS Wirtschaftswunder[3] der 1950er Jahre, in den 1960er Jahren zu etwas zu kommen. Vater und Mutter gehörten zu jenen, die in der Mitte ihres Lebens zu materiellem Wohlstand gelangten: Ein Haus im Grünen. Zwei Automobile. Zunächst zwei mit dem Namen Volkswagen titulierte Kraft-durch-Freude-Autos aus der HITLER-PORSCHE-Werkstatt. Nachher noch eine DAIMLER-Karosse sowie Markeneinbauküchen, massives Eichenmobiliar und handgeknüpfte Perserteppiche. All das diente dazu, um einerseits ihr schlechtes deutsches Gewissen der hinter ihnen liegenden Gräueltaten wegen, sowie andererseits ihren eingebildeten Minderwertigkeitskomplex, ebenfalls deutscher Herkunft, zu kaschieren.

Meine wissenschaftlichen Untersuchungen zur romanischen Kunst im Rheinland bewertete mein Professor, seinerzeit Primus inter Pares der internationalen Architekturhistorikerszene

---

[2] Spitzname der durch Minister MIKATS Initiative ins Lehramt gekommenen Lehrerinnen. Männliches Pendant war der «Mikater».
[3] Dass die Deutschen das Wirtschaftswunder LUDWIG ERHARD zu verdanken hätten, ist umstritten. Siehe dazu «Unser Wirtschaftswunder – Die wahre Geschichte» des Dokumentarfilmers CHRISTOPH WEBER (Kamera: JÖRG ADAMS).

und in Personalunion Mitgestalter von CHRISTO & JEANNE-CLAUDE´S Reichstagsverhüllung, mit einer zwei.
Ich war aus dem Häuschen. Denn bis dato hatte man mir so gut wie gar nichts zugetraut. Weder ein akademisches Studium noch einen grammatikalisch richtigen Satz. Letzteres hatte immer wieder mein Deutschlehrer herauszukehren versucht, nicht nur meiner Meinung nach ein Psychopath erster Klasse, der die ihm anvertrauten Zöglinge seelisch malträtierte, wenn es darum ging, für seine an den Wochenenden aufgestauten Frustrationen Ventile zu bedienen. Nein, dass ich es jemals zu einem akademischen Abschluss brächte, hätte meine Mitwelt nicht für möglich gehalten. Selbst mein damaliger Kunstlehrer machte sich regelmäßig lustig über mich und meinte, ich wäre künstlerisch vollkommen unbegabt und obendrein hätte ich sowieso eine Schraube locker. Er hatte seinen kunstpädagogischen Abschluss immerhin an der Akademie gemacht, doch will das nichts heißen, wenn man seine Zeichnungen sich anschaute, die er mit in den Unterricht brachte, um sein meines Erachtens vermeintlich exponiertes Talent unter Beweis zu stellen. Irgendwann bewertete er eine von jedem Schüler gefertigte freie Arbeit. Zu dieser Gelegenheit legte ich ihm eine abstrakte Buntzeichnung à la KANDINSKY vor. Kommentar zu dem äußerst mäßig beurteilten Blatt, das Motiv sei abgekupfert, obgleich ich aus der reinen Imagination geschöpft hatte.
Die auf meine schriftliche Arbeit folgende mündliche Prüfung in Kunsthistorie absolvierte ich mit sehr gut. Nun konnte ein-

fach nichts mehr schiefgehen. Denn wenn man den Medien Glauben schenkte, so war doch eine gute Ausbildung der Garant für einen Arbeitsplatz. Na schön, dass ich Kunstgeschichte studiert hatte, war für manchen Anlass, den Bauch vor Lachen sich zu halten, aber nichtsdestoweniger hatte man mich in den Olymp der Akademiker aufgenommen. Und dass ein Akademiker, welcher Zunft er auch angehörte, ob Philosophie, Juristerei und Medizin, es später zu etwas bringen würde, war so wahr wie das Amen in der Kirche. So gab es bis Ende der 1970er Jahre eine nicht geringe Anzahl von Studienabbrechern, die die Firmen mit Kusshand einstellten. Immerhin hatten diese Novizen einen Hörsaal von drinnen gesehen.

Aber jenseits des unter Materialisten verbreiteten Vorurteils, Kunstgeschichte sei brotlose Kunst, muss man in Rechnung stellen, dass den Geisteswissenschaftlern im Allgemeinen ihr klassisches Berufsfeld weitestgehend verwehrt bleibt, weil es dort zu wenige Stellen gibt, verglichen beispielsweise mit Betriebswirten oder Medizinern. Lediglich ein Promilleanteil von Humanwissenschaftlern schafft es, an einem Museum oder Ähnlichem tätig zu werden. Übrig bleiben, neben der Welt der Medien wie Presse, Funk und Fernsehen, Lehre und Forschung, das heißt Universität und Schule, aber auch hier, vor allem an der Alma Mater sind die Offerten rar gesät. Doch der Geisteswissenschaftler, welcher Couleur er auch sei, ist in erster Linie gezwungen, sich seinen Weg durch den Berufsdschungel selbst zu bahnen, wenn er keine seiner Ausbildung entsprechende Stelle findet. Ein Kunsthistoriker muss keine Ausstellungen, sondern kann ein Unternehmen, ein Theologe einen Flughafenterminal leiten. Denn geschätzt werden an diesen Schalthebeln der Macht übergreifend denkende Köpfe, die vorwiegend unter Geisteswissenschaftlern zu finden sind, weil diese aufgrund ihres mehrfächerigen Studiums interdisziplinär, das heißt in Zusammenhängen, denken können. Aus dieser Perspektive betrachtet sind diejenigen, die sich den Bauch vor Lachen halten, wenn sie einem Philosophen, Theologen oder Historiker begegnen, bloße Dummköpfe und entlarven sich als Glaubensbekenner einer Weltanschauung, bei der der Mensch als funktionierende Maschine begriffen wird. Eine Einstellung, die nicht fern ist vom Sozialdarwinismus des 19. Jahrhunderts und deren durch Nichts zu relativierenden Folgen meine Eltern dazu bewogen, ihre Gewissensbisse unter den Wohlstandsteppich zu kehren.

Mein Studium der Kunstgeschichte ist insofern alles andere als weltfremd, und überhaupt rage ein Akademiker aus der Menge empor, so hatten es mir zumindest meine Erzeuger beizubringen versucht, denn schließlich hatten sie nicht studiert, und uns Kindern sollte es später einmal besser gehen. Mein beruflicher Himmel hing voller Geigen.

Ab zum Arbeitsamt

Zunächst machte ich mich auf den Weg zum Arbeitsamt, um mir die Zeit meiner Erwerbslosigkeit im Hinblick auf meine spätere Rente als Wartezeit anrechnen zu lassen. Selbstverständlich ging ich davon aus, dass ich umgehend Arbeit fände. Schließlich hatte ich die Hochschule mit Lob absolviert. Die Arbeitslosmeldung war kein Problem. Im Gegenteil, mein Arbeitsvermittler fragte überdies im Hause nach, ob denn eine Tätigkeit vakant sei, was man aber verneinte. So gab es damals Jungakademiker, die bei der Bonner Behörde Akten von einem Büro ins andere karrten.

Ein ganzes Berufsleben lag nun vor mir, so wenigstens dachte ich, und malte mir aus, was ich alles unternähme an den Wochenenden, nachdem ich fünf Tage die Woche als Kurator an einem Museum oder Journalist in einer Kulturredaktion geackert hätte. Mit gefülltem Portemonnaie und einem rosaroten Flitzer unter dem Hintern die Welt zu erobern, danach stand mir der Sinn, nach all den Jahren materieller Entbehrung. Denn mein Studentenleben war alles andere als begehrenswert gewesen. Während ich zweimal wöchentlich meiner Nachtschicht bei einem Edelgastronomen in Meckenheim nachging, machten meine Kommilitoninnen und Kommilitonen Party und tranken bis nach Mitternacht köstliche Cocktails. Zwar unterstützten meine Eltern mich in pekuniärer Hinsicht, doch reichte das bei Weitem nicht aus, um über die Runden zu kommen. Dementsprechend war ich darauf angewiesen, nebenbei noch ein paar Mark hinzuzuverdienen. Ein weiterer Knüppel zwischen meinen studentischen Beinen war der Umstand, dass ich mindestens jedes zweite Wochenende als Helfer bei einer sozialen Hilfsorganisation irgendwo in der Bonner Innenstadt zu erscheinen hatte, um demonstrierenden Menschen gegebenenfalls Erste Hilfe zu leisten, abgesehen von den Übungen und Lehrgängen, denen man sich ebenfalls zu unterziehen gezwungen war. Und das über einen Zeitraum von 10 Jahren. Denn freiwillig hatte ich mich bei dieser Hilfsorganisation verpflichtet, um studieren zu können, da man mich nach meinem dritten Semester ziehen und ich keine unnötige Zeit vertrödeln wollte. Schließlich ist das Alter eines Berufseinsteigers eine seiner Trumpfkarten, und nichts lag mir ferner als auf einer Parkbank morgens aufzuwachen und nach erfolgreichem Betteln die nächste Bierbude aufsuchen zu müssen.

Aber nicht nur meine Kommilitonen, die allabendlich auf Feten schweißtreibend abtanzten, sondern auch andere meiner damaligen Bekannten hatten das Glück gehabt, in Akademikerfamilien hineingeboren worden zu sein und standen demgemäß auf der Sonnenseite des Lebens. Derweil ich nachts zum körperlichen Schuften verurteilt war, um mein Butterbrot zu finanzieren, gingen jene, wenn ihnen Papa schon nicht eine Semesterferienreise in fremde Kontinente spendierte, einem Studentenjob ausschließlich deshalb nach, um eben eine solche Reise aus eigenen Kräften bestreiten zu können. Unter diesen Sonnenscheinstudenten gab es zudem welche, die in Anbetracht meiner Mühsal milde lächelnd auf mich herabblickten. Physiognomischer Reflex einer verwöhnten Kaste mit Anspruch doch ohne Empathie. Materialistische Arroganz par excellence.

Nun ging ich davon aus, alles hätte ein Ende und der Herrgott im Himmel hätte mich das alles bloß erleiden lassen, um mich zu prüfen, damit er mich danach erlöse. Meine Eltern hatten mir mittlerweile den Geldhahn zugedreht, denn authentischer Student, obgleich ich weiterhin über den für viele Vergünstigungen bürgenden Hochschulausweis verfügte, war ich nicht mehr und ab jetzt für mich alleine verantwortlich. So seien sie in ihrer Jugend auch auf sich selbst gestellt gewesen und niemand hätte ihnen seinerzeit geholfen. Daraus möchte ich meinen Eltern im Nachhinein keinen Strick drehen, zumal sie ihre Studienzuwendungen, als ich meinen Nachtjob in der Edelgastronomie verlor, verdoppelt hatten. Nichtsdestotrotz wurden viele meiner privilegierten Kommilitonen nach bestandener Abschlussprüfung von Papa solange über Wasser gehalten bis sie durchstarten konnten. Und sie starteten durch, daran war kein Zweifel. Die Oberschicht startet in der Regel immer durch.

Mich an die Arbeitsvermittlung für Studenten zu wenden, einer damaligen Filiale des Amtes auf Bonner Campusgelände, war mein zweiter Schritt auf dem Weg zur vermeintlichen Unabhängigkeit. Denn nach abgeschlossener Hochschule, doch ohne Job, Arbeitslosenhilfe oder ähnliches von besagter Behörde zu erhalten, war bedauerlicherweise nicht möglich. Mein Bruder, seines Zeichens leitender Angestellter in der Industrie, weshalb er im Übrigen von meinen Eltern bis zum Abwinken hofiert wurde, hatte die wenigen Wochen seiner postakademischen Arbeitslosigkeit dadurch überbrücken können, dass er bei gleichzeitiger Teilnahme an einer Trainingsmaßnahme von erwähntem Amt Leistungen bezog. Aber war das vor meiner Zeit.

Der Mitarbeiter der studentischen Jobbörse vermittelte mich an eine Malerfirma, wo ich Tapeten abzukratzen hätte. Diese Firma verdiente ihr Geld damit, dass sie die Übergangsbuden der unter KOHL «heim ins Reich geholten» Spätaussiedler sanierte.

Nebenbei bemerkt, war die unter Kohl verfochtene Heimholpolitik mitunter eine Farce. Ich selbst bin mit einer slawischen Heimkehrerin mehrere Jahre befreundet gewesen, welche von sich selbst behauptete, mit dem, was man unter Deutschsein verstehe, nichts am Hut zu haben. Das sei ihr alles fremd. Sie sei Russin und bliebe Russin bis an ihr Lebensende. Und Deutsch spräche man in ihrer Familie auch nicht. KOHL ging es hauptsächlich um die Rekrutierung zusätzlicher Wählerstimmen.

Man denke an New York. Würde man dort eine solche Politik mit Erfolg verfechten, lebten in dieser Metropole keine Menschen mehr. Doch welcher New Yorker käme auf den Gedanken, nach wohin auch immer zurückzukehren, nur weil dessen Vorfahren einst von irgendwoher eingewandert seien. In Russland allerdings, wo eine Majorität materielle Entbehrungen hinnehmen muss oder zumindest unter dem Niveau unseres bundesdeutschen Lebensstandards zurückbleibt, fällt solche Politik auf fruchtbaren Boden. Glaube niemand, der Von-Woher-Auch-Immer-Aussiedler-Deutsche käme der von ihm vermissten deutschen Kultur wegen nach Deutschland.

Doch Wirtschaftsflüchtlinge sind nicht gleich Wirtschaftsflüchtlinge. Jenseits derer, die politischer oder ethnischer Belange wegen emigrieren, was durchaus legitim ist, bleibt zu differenzieren zwischen jenen, die aus materieller Not über das Privileg verfügen, zu uns kommen zu dürfen und denen, die im gelobten Land der Bundesrepublik ihren Sozialstandard aufzunorden begehren.

Tampons einsammeln

Irgendwann im August an einem Montag um 8.00 Uhr früh. Vorstellungstermin bei Herrn Sowieso. Die schmucke Villa lag unmittelbar neben einem Lyzeum in einem zauberhaften Park. Dicke Schlitten parkten vor dem Palais: Mercedes, BMW und sofort.

Die Sonne stand am Himmel, als ich den Portikus betrat. Der Empfang war freundlich, man bat mich, Platz zu nehmen bis Herr Sowieso käme. Der skizzierte mir die Aufgaben und machte mich dann mit seinem Malerburschen bekannt, der mich gleich unter seine Fittiche nahm.

Der Boss war verantwortlich für die Durchführung von Deutschkursen für Aussiedler, denen in diesem beschaulichen Anwesen die heimische Sprache eingetrichtert wurde. Aus offenen Fenstern drangen mit Akzent artikulierte Vokabeln deutscher Provenienz sowie Brocken von Russisch, Polnisch und Rumänisch.

Sein Spezi fuhr dann mit mir zu einer aufgegebenen Mietskaserne nahe einer aufgegebenen Fabrik. Exotische Gerüche, Graffiti, bröckelnder Putz. Dann kämpften wir uns mehrere Stockwerke hoch, bis er irgendeine gottverfluchte Bude aufschloss. Uringelbe Tapeten, Lachen nicht zu bestimmender Flüssigkeiten. Es roch nach Fäule. Wir befanden uns in dem Übergangswohnheim für jene, die in der Villa nebenan meine Muttersprache büffelten.

Dann drückte er mir die üblichen Utensilien in die Hand: Eimer, Quast und Spachtel, und einen Zahn zulegen solle ich, schließlich sei ich zum Arbeiten da und nicht zum Schlafen. Ich holte Wasser, machte nass den Quast und fuhr über die Tapeten damit. Eine Herkulesaufgabe: für einen Quadratmeter brauchte ich annähernd eine Stunde. Bäche von Schweiß rannen an mir herab. Als Mittag war und der Spieß mir bis dahin penibel auf die Finger geschaut hatte, befahl er, Bier zu holen. Er habe Brand. Auch das noch, schoss es mir durch den Kopf, der wolle mich wohl verheizen. Doch blieb mir keine andere Wahl. Immerhin musste ich meine Miete zahlen und Studentenjobs waren seinerzeit Mangelware. So biss ich wohl oder übel in den sauren Apfel, ließ mir einen Heiermann[4] geben und schwang die Hufe. Doch weit und breit keine Bierbude in Sicht. Irgendwann kehrte ich unverrichteter Dinge zurück und machte mich wieder ans Werk.

Am nächsten Tag hatte ich vor der Sprachenvilla den Hof zu kehren, wobei mir die Wohlstandskutschen abermals auffielen, um die ich nun meinen Besen führte, damit man sauberen Fußes in seine Karosse steigen konnte.

Dann scheuchte mich der «Sklaventreiber» aufs Flachdach des Bunkers und trug mir auf, den Dreck wegzumachen. Während er die Regieanweisungen gab, bückte ich mich nach vergammelter Wurst, Glasscherben und blutgetränkten Tampons, mit nackten Händen! Welch eine Belohnung nach erfolgreicher Hochschulabsolvenz, unterdessen viele meiner privilegierten Kommilitonen sich bereits im Flieger Richtung Südamerika oder Asien befanden. Papa hatte wieder einmal seine Börse gezückt und einen springen lassen. Lange dauerte es allerdings nicht bis auch ich flog. Der Malerbursche hatte mich fadenscheiniger Gründe wegen – denn meinen Job machte ich

---

[4] Umgangssprachlich für das frühere 5-DM-Stück.

bis dato gut – bei seinem Dienstherrn angeschwärzt, der mich darauf zu sich zitierte und mir unterbreitete, aus Arbeitsmangel mich bedauerlicherweise nicht mehr beschäftigen zu können. Wahrscheinlich war ihm die Geschichte mit der Flasche Bier zu Kopfe gestiegen.

Im Übrigen ist mir der Boss nachher nochmals über den Weg gelaufen, als es darum ging, die Stelle für einen Historiker zu besetzen. Mittlerweile leitete er eine andere Bildungseinrichtung, wo amerikanischen Studenten neben der deutschen Sprache auch die deutsche Kultur infiltriert wurde. Vielleicht war ja mit Deutschkursen für Heimkehrer keine müde Mark mehr zu machen. Die Absage kam schon früh, mit den üblichen Beschwichtigungsformeln und dem stereotypen Dankeschön. Mag sein, dass er sich noch erinnert hatte an mich.

Picasso ein Irrweg — Beuys ein Scharlatan

Irgendwann um 9.00 Uhr morgens, irgendwo auf einem Hügel in den Karpaten. Gesucht wurde ein Dozent für Kunstgeschichte an einer Kunstakademie unter der Leitung eines skurrilen Direktors. Vorstellungsgespräch. «Direktor Kunstakademie» holte mich mit seinem Schlitten an irgendeinem Bahnhof ab und kutschierte mit mir den Berg hinauf zu dem maroden Gebäude einer aufgegebenen Schule. Es gab Kaffee und dann folgte das Interview. Kunsthistoriker sei ich und dass ich fotografiere, gab ich von mir, worauf er meine mitgebrachten Fotos ins Visier nahm. Er fotografiere zwar nicht, aber immerhin hätte er das berühmte Sowieso-Bauwerk maßstabsgerecht mit Streichhölzchen nachgebaut. Darauf rieb er mir den entsprechenden Feuilletonbeitrag eines Boulevardblattes unter die Nase: von seinem «Zündholz-Tic» komplette Seite mit Foto.

Und dann erzählte er mir von salonfähig gewordenen Schmierereien auf Leinwand, und dass deren Verfechter Professoren an staatlichen Akademien seien. Der Flur war dekoriert mit ins Riesenhafte vergrößerten Kopien von Presseberichten, in denen man über die Moderne zu Felde zog. An seiner Schule werde Realismus gelehrt und der an deutschen Kunstakademien herrschende ästhetische Vandalismus hätte zu verschwinden. Dass ich ihm mit letzter Konsequenz beipflichtete, möchte ich nicht behaupten, doch widersprach ich auch nicht, schließlich war ich froh, unter Umständen arbeiten zu können. Mein Vater hatte mir immer gepredigt, den Mund zu halten und das zu tun, was der Vorgesetzte auftrüge. Und zu diskutieren, sei nicht schicklich. Mit anderen Worten, mein Erzeuger wollte einen Duckmäuser aus mir machen, damit ich im Leben es später einmal weit bringe. Aber dass man eine ganze Rasse vergast hatte, davon hätte niemand etwas gewusst.

Nächster Interviewpunkt behandelte den schlechten Ruf der Deutschen. Immer seien es die Deutschen, die Dreck am Stecken hätten, trotzdessen die US-Amerikaner im Vietnamkrieg so viele Gräueltaten begangen hätten. Jetzt rieb er mir einen weiteren Pressebericht unter die Nase, wo GIs ein Massaker an Zivilisten verübt hatten. Obgleich der Name einer lauten Schnauze aus Braunau nicht fiel, schwebte diese doch als Phantom der Bewerbungsoper ständig über mir.

Irgendwann rief er mich daheim an und gab mir zu verstehen, dass er mich haben wolle. Ich möge dann und dann anfangen. Wir begrüßten per Handschlag und ich unterschrieb einen Vertrag für ein Studienjahr mit soundsovielen Unterrichtseinheiten pro Woche für ein Honorar, das zu jener Zeit für einen arbeitslosen Jobber nicht unbeträchtlich war. Dann lief ich ins Klassenzimmer, wo eine Meute wissbegieriger Schülerinnen und Schüler bereits auf mich wartete. Zunächst nahm ich «Allgemeine Formenlehre» durch, danach «Altes Ägypten» und danach die Leinwandproduktionen der Malerdynastie CRANACH. Alles schien glatt zu laufen, mein anfängliches Lampenfieber hatte sich gelegt, denn unterrichtet hatte ich bis dato nicht.

Es kam der Tag des großen Vortrags durch einen Titular-Professor aus Bavaria, anschließend war Diskussion im Plenum, als die Schüler dem Professor Löcher in den Bauch fragen durften. Man zog die Vorhänge zu und sein Assistent projizierte die ersten Dias. Um es kurz zu machen: PICASSO wäre ein Irrweg, JOSEPH BEUYS ein Scharlatan und überhaupt gehöre alles Abstrakte auf den Misthaufen. Das etwa anderthalbstündige Referat hielt der Greis so souverän, dass ihm die Schüler sein Gift abnahmen. Obgleich im Publikum renommierte Köpfe aus Wirtschaft und Geistesleben saßen, wagte niemand den Widerspruch. Der einzige allerdings, der Kritik anmeldete, war meine Person, schließlich hatte ich mich eingehend mit JOSEPH BEUYS beschäftigt – sein Kunstbegriff war eines der Themen meiner mündlichen Magisterprüfung gewesen – so dass ich wusste, dass BEUYS alles andere war, nur kein Scharlatan. Kaum hatte ich das Wort ergriffen, um meine Solidarität mit einem zu Recht der größten Künstler des 20sten Jahrhunderts zu bekunden, wurde auch schon zurückgeschossen. Man gab mir zu verstehen, dass ich auf dem Holzweg sei. Ein paar Tage später rief mich «Direktor Kunstakademie» an, um mir mitzuteilen, dass ich ab jetzt bloß noch die Hälfte der vereinbarten Wochenstunden unterrichten könne. Ich erkundigte mich nach dem Warum, die Antwort blieb aus. Ich teilte ihm mit, die Hälfte der Stunden sei zu wenig, weil sich das nicht rentiere für mich, ich sei aus Bonn und Hin- und Rückweg betrügen summa summarum soundsoviele Kilometer, und außerdem hätten wir einen Vertrag. Das interessiere ihn nicht, er könne ausschließlich Dozenten einsetzen, die den Vorstellungen der Schüler entsprächen. Ich machte ihm klar, dass ich zumindest an eine finanzielle Entschädigung dächte. Er könne mir nichts extra zahlen, die anderen Kollegen nähmen das nicht hin, falls es herauskäme. Kurzum, wir fanden keinen gemeinsamen Nenner, und so erhielt ich kurz darauf die fristlose Kündigung, was zur Folge hatte, dass ich gegen die Kündigung beim Arbeitsgericht Klage einreichte. Wir verglichen uns. Zum Schluss gab es dann Geld und zwar in der halben Höhe dessen, was ich bis zum Ende der vereinbarten Vertragszeit bezogen hätte. Letztlich eine hässliche Geschichte, zumal er mir ein hundsmiserables Zeugnis mit Rechtschreibefehlern ausstellte, das sein Papier nicht wert war. Ich hätte reklamieren können, doch war mir das Ganze zuwider und ich froh, mit alledem nichts mehr zu tun haben zu müssen. Ich verfügte nun über ein paar Mark, womit ich mich für die nächste Zeit über Wasser hielt.

Allerdings komme ich bis heute nicht darüber hinweg, dass die etablierten Köpfe aus Wirtschaft und Geistesleben, die dem Vortrag beigewohnt hatten, nicht einen Funken von Zivilcourage an den Tag legten, um dem «Entartung predigenden» Professor zu widersprechen. Man wollte sich nichts verscherzen, schließlich handelte es sich um eine Akademie für Design, mittlerweile sehr erfolgreich und bereits mehrfach im Fernsehen gewesen.

Dass man Künstlerischen Realismus verficht, ist akzeptabel, doch muss vor allem ein Deutscher, gerade im Hinblick auf seine jüngste Vergangenheit, Toleranz üben gegenüber der Abstraktion und dem, was er nicht versteht. BEUYS ist nicht anhand seiner «Fetische» Fett und Filz zu begreifen, sondern unter Einschluss seines «Erweiterten Kunstbegriffs». Dass gerade in der Bundesrepublik eine Kunstausstellung wie die «documenta» möglich ist, darf als Ausdruck eines demokratischen Geistes gewertet werden, auf den wir als Deutsche stolz sein können.

Portemonnaies, Computer und Akademikerschwemme

Um die Weihnachtszeit musste ich als Aushilfe in einem Kaufhaus mich verdingen. Meine Aufgabe war es, Herrschaften Portemonnaies zu veräußern und in dieselben dann goldene Initialen zu prägen, sozusagen als Weihnachtsgeschenk für die Liebsten.

Das heißt, ich ging zur selben Zeit zwei Jobs nach, zum einen meiner Lehrtätigkeit an der besagten Bildungsanstalt und zum anderen der Portemonnaieprägetätigkeit, was insofern möglich war, als dass ich nicht in Vollzeit unterrichtete. Nichtsdestoweniger war Ersteres ganz schön happig, schließlich hatte ich mir gänzlich unbekannten Lehrstoff anzueignen, als Darsteller meiner eigenen Premiereshow zu fungieren.

Bemerkenswert hinsichtlich des Kaufhausjobs war der Hausmeister des Ladens. Früher, als der Führer noch lebte, sei die Welt noch in Ordnung gewesen. Da hätte Zucht und Ordnung geherrscht: Keine Krüppel, Behinderte und Penner und all dieses Gesocks, nein, Lastwagen seien vorgefahren, und dann hätten sie den Dreck von der Straße geholt, ab damit auf die Pritsche, und dann sei es wieder sauber gewesen. Ja, die gute alte Zeit. Aber heute sei alles verkommen, Bettler und arbeitsscheues Pack, wohin man auch blicke. Ironischerweise war dieser Concierge selbst alles andere als das stramme Vorbild nach Art eines vermeintlich drahtigen «Ariers». Nein, alter Opa, rundbuckelig und reif für den Rollator. Und dann das braune Blatt, das man feilbot, irgendwo in einer Ecke neben dem Notausgang. Und dann noch der Kaufhaus-Sherlock-Holmes. Junger Kerl, aber der Zahn der Zeit nagte bereits an ihm. Sah nicht gerade Vertrauen erweckend aus, war scharf auf Fangprämie, für jeden Dieb gab es soundsoviel auf die Kralle.

Im Basement in der Wintersportabteilung schuftete ein arbeitsloser Sportlehrer. Daunenjacken, Schneeschuhe und so ein Zeug. Saisonweise, jedes Jahr zwischen Oktober und März. Im Sommer arbeitete er als Bademeister in städtischen Freiluftbädern.

Man darf nicht vergessen, ein Jahr später sollte die Mauer fallen, und in Westdeutschland, der alten Bundesrepublik, herrschte Massenarbeitslosigkeit. Pauker, Geistes- und Naturwissenschaftler, Juristen, Volks- und Betriebswirte, Doktoren, Habilitierte: alle auf der Straße. Die wenigen, die unterkamen, waren Nachrichtentechniker, und die verdienten ganz gut, hatten sozusagen den Vogel abgeschossen. Hatte seinerzeit bei einem Studentenpärchen dieser Zunft Renovierungsarbeiten durchgeführt. Schmirgeln. Anstreichen. Großes Haus in bester Wohnlage. Zwei dicke Schlitten, Motorräder, Surfbretter usw.

Einer meiner Bekannten, promovierter Biologe. Ohne Licht am Ende des Tunnels. Zahlreiche Bewerbungen. Kein einziges Vorstellungsgespräch. Danach familiäre Umschulung auf

Hausmann. Zwei Kinder. Frau hatte das große Los gezogen, eine Stelle zu finden. Er selbst ein kleines Sümmchen geerbt, davon eine Fachwerkruine gekauft, die er dann, wenn er Zeit hatte, neben Windeln, Kochen und Putzen, aufpäppelte.

Ein Freund hatte nach einer Ehrenrunde gerade sein Zweites Staatsexamen bestanden: Englisch und Geographie. War aber gezwungen, der Realität ins Gesicht zu blicken. Arbeitslosigkeit für die nächsten zwanzig Jahre schienen vorprogrammiert. Doch sollte ihn das unvorhersehbare Glück ereilen, das meines Dafürhaltens populärwissenschaftliche Werk eines prominenten amerikanischen Professors der Esoterikszene ins Deutsche zu übersetzen, was ihm die damals profitable Summe von mehreren Tausend DM einbrachte. Man darf nicht außer Acht lassen, dass er schon immer ein Bewusstseinserweiterungsfreak gewesen ist – TIMOTHY LEARY, BHAGWAN usw. – aufgrund dessen er über viele Kontakte zur Healing-Community verfügt, weshalb er eher zufällig an den Job kam, jenen meiner Meinung nach ideologischen Eklektizismus zu übertragen. Das war dann der Startschuss seiner Übersetzerkarriere. Viele renommierte Verlage klopften bei ihm an. Irgendwann konnte er sich vor Aufträgen nicht mehr retten. Allerdings möge man nicht meinen, alles sei Zuckerlecken für ihn gewesen. Nein, erstens ist man selbständig, hat für Krankenkasse, Pflegeversicherung und Rente selbst aufzukommen. Was für ihn aber nicht ganz so übel war wie für andere Selbständige, da er als Freiberufler sofort der Künstlersozialkasse beitreten konnte und er daher bloß die Hälfte der Sozialbeiträge abzuführen gezwungen war, weil für die andere Hälfte der Staat einspringt. Und zweitens steht man mit einem Bein am existentiellen Abgrund, weil man ständig mit Auftragsflaute zu rechnen hat. Und so war es dann auch. So etwa 2007 brachen die Aufträge weg. In den Redaktionsstuben wechselten die Chefs und die brachten ihre eigenen Übersetzungsspezis mit. Neue Sozialchemie. Seine Rettung war der plötzliche Lehrermangel um die Millenniumswende und das nach zwanzig Jahren Lehrerarbeitslosigkeit. Ich selbst hatte in vom Amt subventionierten Fördermaßnahmen zur Überwindung meiner eigenen Stellenlosigkeit gesessen, wo fast ausschließlich auf Stütze angewiesene Pauker sich tummelten. Zunächst zwanzig Jahre so gut wie keine Einstellungen an öffentlichen Schulen, dann Hände ringendes Suchen nach Lehrern. Schier schizophren. Aber auch das ist deutsche Bildungspolitik.

Viele wohl überlegt eingefädelte Ausbildungskarrieren, die Eltern und Vater Staat viel gekostet hatten, mündeten in der Sackgasse. Und dann die nicht enden wollenden Besserwisserkommentierungen derer, die es geschafft hatten, der Etablierten der Generation meiner Eltern, die des im Zweiten Kriege erlittenen Leids und Hungers wegen zwar viel haben durchmachen müssen, doch in den Jahren des westdeutschen Wirtschaftswunders schließlich zu Wohlstand kamen. 1950er und 1960er Jahre. Die Jahre des Aufbruchs. Man denke nur an die zahlreichen Verlags-, Galerien- und anderen Unternehmensgründungen nach dem Krieg.[5] Arbeit lag auf der Straße. Jeder wurde gebraucht. Den Arbeitsplatz konnte man sich in der Regel aussuchen. Selbst in den 1970ern lief man, wie erwähnt, Studienabbrechern hinterher. Lernte bei einem meiner ungezählten Aushilfsjobs einen abgebrochenen Theologiestudenten bei einer bekannten Bonner Buchhandlung kennen, der es dann zum Abteilungsleiter gebracht hatte. Heute undenkbar. Studienabbrecher bevölkern aktuell die Schulbänke der größtenteils kontraproduktiven und exorbitante Steuergelder verschlingenden Bildungsträger, die größtenteils von Nürnberg bezahlt werden.

Dann folgten noch zwei bis drei weitere Jobs, u. a. bei einer Firma, die ausländische Rechner vertrieb, wo ich das Ersatzteillager kommissarisch führte. Ein Mitarbeiter dieses Unternehmens, der für den Versand verantwortlich und über mich keinerlei Verfügungsgewalt auszuüben legitimiert war, startete den Versuch, mir Aufgaben zu übertragen, was ich berechtigterweise ablehnte. Sofort überschüttete er mich mit den üblichen Stammtischflüchen. Studenten seien stinkfaul und gehörten ins Arbeitslager gesteckt. Studentendreck eben. Danach wechselte er kein einziges Wort mehr mit mir und mied mich wie der Teufel das Weihwasser. Der Chef allerdings hegte große Sympathien, weshalb er mich einzustellen gedachte,

---

[5] Vgl. GLASER, HERMANN: Kulturgeschichte der Bundesrepublik Deutschland. Zwischen Kapitulation und Währungsreform (Bd. 1). Carl Hanser Verlag, München – Wien 1985. Derselbe: Kulturgeschichte der BRD. Zwischen Grundgesetz und Großer Koalition (Bd. II). Carl Hanser Verlag 1986.

was ich aber zurückwies, da ich eine reguläre wenn auch befristete Stelle als Akademiker in Aussicht hatte.

ABM — Zauberformel für hoffnungslose Fälle

Bevor die damals rot-grüne Bundesregierung das nach einem heute Vorbestraften titulierte Hartz-4-Gesetz zum 1. Januar 2005 ratifizierte, hatten Arbeitssuchende mit oder ohne Leistungsbezug die Möglichkeit, in einer so genannten Arbeitsbeschaffungsmaßnahme (ABM) unterzukommen, wenn sie längere Zeit stellenlos geblieben waren.[6] Wenigstens für arbeitslose Akademiker[7] ohne Leistungsbezug betrug die Anwartschaft ein Jahr.

ABM wurden aus Steuermitteln in Kooperation mit einem gemeinnützigen Träger finanziert, wobei die Steuermittel den Löwenanteil ausmachten. Träger konnten Vereine, Kommunen, Museen, Kirchen etc. sein. Die Stellen waren regulär, das heißt sozialversicherungspflichtig: Arbeitslosenversicherung, Krankenkasse (ab 1. Januar 1995 Pflegeversicherung) und Rente, tariflich bezahlt — mussten aber das Kriterium der

---

[6] Das Instrument ABM war seinerzeit keine Innovation. AB-Maßnahmen gab es in Deutschland spätestens seit der Weimarer Republik (9.11.1918 bis 29.1.1933). Siehe Reichs-Autobahn-Bau unter Hitler. Dass diese Maßnahme zur Vollbeschäftigung führte, ist weit verbreiteter Irrtum.

[7] In den 1980er u. 1990er Jahren zählten Akademiker zu den Privilegiertesten unter den in ABM Beschäftigten.

Zusätzlichkeit erfüllen, um Norm-Arbeitsplätze nicht außer Gefecht zu setzen, das heißt zu verdrängen (wettbewerbsneutrale Zusätzlichkeit). Dauerten, wenigstens was die Akademikermanege anlangt, mindestens ein bis maximal drei Jahre - üblich waren zwei Jahre - und dienten dazu, langzeitarbeitslosen Berufsanfängern praktische Erfahrung zu vermitteln, wovon die Politik sich bessere Integrationschancen versprach. Ein Konzept, das jedoch, wie die Praxis zeigen sollte, nicht einlöste, wofür es stand. Denn die meisten ehemaligen ABM-Beschäftigten kehrten anschließend zum Amt zurück. Ihre Vermittlungschancen waren nicht gestiegen. Immerhin, manches berufliche Greenhorn, ohne Anspruch auf staatliche Leistungen, kam so in den Genuss derselben. Ein arbeitsloser Hochschulabsolvent beispielsweise konnte auf diese Weise in seinen Beruf hineinschnuppern, verdiente entsprechend wie seine Kollege mit Planstelle und bezog im Anschluss Arbeitslosengeld und danach zeitlich unbegrenzt Arbeitslosenhilfe. Allerdings, wie gesagt, langte die kurzfristig erworbene Berufspraxis oftmals nicht aus, einen Berufsanfänger aus dem Bezug von staatlichen Leistungen dann wieder herauszuholen, das heißt, ihn in eine offizielle Stelle zu vermitteln, obgleich zweifelsfrei es auch Ausnahmen gab.

Nichtsdestoweniger waren öffentliche Einrichtungen in die Lage versetzt, ihre hauseigenen Projekte zu verwirklichen und das mit nur geringem Kostenaufwand. Konnte der Träger der ABM selbst die schmale Eigenleistung nur zähneknirschend aufbringen, spendete der Arbeitnehmer einen Teil derselben an den Träger wieder zurück. So gelangten viele Arbeitsuchende, die zuvor keinen Anspruch auf staatliche Leistungen hatten, ins soziale Netz. Ohne große Probleme konnte dann ein ehemaliger ABM-Premium-Verdiener seine Bude bezahlen, beim Discounter die Tüten sich vollmachen und bisweilen sogar ein Auto finanzieren, ohne dafür krumm und buckelig sich arbeiten zu müssen wie heutzutage, wenn viele mehreren Lakaienjobs nachzugehen gezwungen sind, um über die Runden zu kommen. Für einen Berufsanfänger seinerzeit ohne Aussicht auf eine Stelle war ABM die Chance, im Anschluss wenigstens Leistungen zu beziehen. Vor allem Akademiker, die die Alma Mater soeben aus ihrer Hut und Sorge ins Leben entlassen hatte, konnten durch eine Beschaffungsmaßnahme nachher gute Leistungen seitens des Arbeitsamtes erzielen, da sie ja tariflich verdient hatten, in der Regel BAT-II. So fiel das für knapp ein halbes Jahr zu beziehende Arbeitslosengeld von etwas weniger als 40% des früheren Bruttoverdienstes vergleichsweise üppig aus. Man muss selbstverständlich die Steuerklasse und ob mit oder ohne Kind berücksichtigen. Insofern ist die Ziffer flexibel, aber nichtsdestotrotz hoch. Blieb man darüber hinaus weiterhin stellenlos, bezog man nach Arbeitslosengeld, wie verwiesen, temporär unbeschränkt Arbeitslosenhilfe. Selbst wenn die Hilfe im Laufe der Jahre degressiv herabgesetzt wurde, weil die Praxisferne, so die einleuchtende Argumentation des Gesetzgebers, eine berufliche Qualifikationseinbuße herbeiführe. Erwähnenswert ist, dass zwischen 1978 und 1982 die Bundesanstalt Rentenversicherungsbeiträge gemessen am letzten Bruttoverdienst, von 1983 bis 1991 gemessen an der Höhe des tatsächlichen Arbeitslosengeldes bzw. der tatsächlichen Arbeitslosenhilfe abführte.[8] Auch seit 1992 waren die Rentenpflichtbeiträge seitens des Amtes nach ansehnlichem BAT-Gehalt während der darauffolgenden Arbeitslosigkeit gut, wurden aber im Laufe der Zeit sukzessive gekürzt.

Dementsprechend sammelte ein stellenloser Akademiker, der zuvor keine einzige müde Stunde in Brot und Lohn gestanden hatte, über ABM aber ins soziale Netz sich hinüberretten konnte, im Laufe seiner Arbeitslosigkeit entsprechende Entgeltpunkte. So begegnete mir ein älterer stellenloser Ökonom, dessen Altersrente nachher — obgleich er nur ganze fünfzehn Jahre in seinem Leben sozialversicherungspflichtig gearbeitet hatte — adäquat ausfiel. Er hatte BAT-I verdient. Selbst die Pension einer Verkäuferin, die, wenn auch in Teilzeit, dafür aber mehr als vierzig Jahre in irgendeinem Kaufhaus bei bestialischer Luft und augenschädigendem Neonlicht die Beine in den Bauch sich stehen muss, bleibt weit darunter, weshalb sie aufstockende Sozialhilfe beantragen muss. Unser pensionierter Ökonom hingegen, zugestandenermaßen mit Rentner-Minijob, ist nichtsdestoweniger so liquide, dass er sich sein Gebiss sa-

---

[8] KUHN, RUDOLF: Arbeitslosengeld, Arbeitslosenhilfe. Bund-Verlag Köln, S.183.

nieren lassen und mindestens zweimal im Jahr einen vierzehntägigen All-Inclusive-Urlaub auf einem exotischen Kontinent verbringen kann. Doch darf man nicht außer Acht lassen, dass jener Herr der Ökonomie unverheiratet ist, in einem kleinen Appartement preiswert zur Miete wohnt und sowieso sparsam lebt, mit anderen Worten Lebenskünstler ist.

Nach der Wiedervereinigung jedoch, als die Kosten der Deutschen Rentenversicherung exorbitant in die Höhe schnellten, da viele Ostdeutsche nicht alleine den westdeutschen Rentenkuchen plötzlich in Anspruch nahmen, sondern die sozialen Sicherungssysteme überhaupt, musste jeder Arbeitslose, ob hüben oder drüben, während seiner Erwerbslosigkeit entgeltpunktemäßig Abstriche hinnehmen, genauer gesagt, mit der rot-grünen Rentenreform von 2002. Im Übrigen führen seit 2011 die Jobcenter[9] überhaupt keine Rentenbeiträge mehr ab. Wie erwähnt, jeder Akademiker mit wenigstens einjähriger Arbeitslosigkeit ohne Leistungsbezug, in der Regel Frischlinge von der Uni, hatte die Möglichkeit in einer ABM tätig zu werden, was aber nicht zwingend hieß, dass er in den Genuss einer solchen auch kam. Ich selbst wurde zu einer Vielzahl von entsprechenden Vorstellungsgesprächen geladen und musste dann in überfüllte Wartesäle blicken, die vor arbeitslosen Aka-

---

[9] Durch Beschluss des Bundesrates vom 1.7.2010 wurden die früheren ARGEN, die ARBEITSGEMEINSCHAFTEN zwischen BA und Kommunen (1.1.2005 bis 31.12.2010) ab 1.1.2011 in JOBCENTER umgetauft. Vorausgegangen waren verfassungsrechtliche Streitigkeiten zwischen Bund und Kommunen im Hinblick auf Verwaltung, Finanzierung und Gehälter.

demikern sämtlicher Klassen des Alters zu bersten drohten. So etwa im Rathaus einer nahe bei Siegburg gelegenen Stadt, wo 1989 ein «Kulturerweiterungsplan» zur Debatte stand.

Da viele chancenlose Hochschulabsolventen in einer ABM erst gar nicht unterkamen, standen auf ihrer Agenda Taxi fahren, Kellnern, Schrubber und Aufnehmer schwingen oder beim Lebensmittel-Discounter Regale auffüllen, sofern sie nicht der privilegierten Oberschicht angehörten, deren höheren Töchter und Söhne seitens ihrer Erzeuger für die Dauer ihrer Erwerbslosigkeit alimentiert wurden, wenn wider die Gnade ihrer Geburt jene keine Stelle fanden.

Trotz vieler Bewerberinterviews fand auch ich keine ABM, geschweige richtige Arbeit, und fasste den Entschluss, mir selbst eine zu schnitzen. Ich suchte einen Verein auf, schlug diesem ein Ausstellungsprojekt vor und half beim Ausfüllen der Formulare, was, nebenbei bemerkt, einer zusätzlichen Arbeitskraft bedurft hätte, da der Verwaltungsaufwand, eine solche Stelle zu beantragen, in keinem Verhältnis zur Stelle selbst stand.

Der Direktor eines Archivs einer rheinischen Metropole bestätigte mir das, als er meinte, solch einen Arbeitsplatz kein zweites Mal einrichten zu wollen. Nichtsdestotrotz hatte ein arbeitsloser promovierter Kollege auf der besagten ersten und letzten ABM dieses Archivs es letztlich geschafft, im gleichen Hause zur Festanstellung zu kommen. Herzlichen Glückwunsch! Aber sind das, wie gesagt, Ausnahmen gewesen.

Kurzum, die von mir ins Leben gerufene Maßnahme bei besagtem Verein bewilligte das Amt und ich hatte das Glück, für die Dauer eines Jahres BAT-2 zu beziehen. Ich brächte es zustande, im sozialen Netz mich danach wiederzufinden. Hurra! Keine Lehranstalt, kein brauner Concierge, kein Ersatz-Lederwaren-Fachverkäufer, kein kommissarischer Computerlagerist! Nein, Arbeitslosengeldbezieher mit jetziger Aussicht auf eine vom Amt finanzierte Fortbildung, da als Historiker eine klassische Stelle zu finden, so gut wie utopisch ist.

So fällt der Geisteswissenschaftler auf sich selbst zurück, wenn er an der Uni oder im Schuldienst nicht unterkommt. Und dann hängt sein beruflicher Erfolg davon ab, inwieweit er sich zu vermarkten versteht, i. e. Sympathie ausstrahlt und zu kommunizieren vermag, was im Übrigen für alle Stellenbewerber ohne Ausnahme gilt, doch für ihn umso dringlicher, als er Vertreter seiner selbst dann ist. Oder inwieweit er über eine attraktive Erscheinung verfügt. Hier kann man nachhelfen (Sport, Ernährung, Körperpflege), obwohl Mutter Natur ihre Geschenke hier nach Gutdünken verteilt hat.[10]

Alternativen können fachverwandte Einsatzgebiete oder Selbständigkeit als Freiberufler oder Unternehmer sein.

---

[10] Interessant in diesem Zusammenhang sind die Überschneidungen mit künstlerischen Berufen wie beispielsweise dem des Opern-Sängers, wo neben Können und anatomischer Optik es auf die Selbstvermarktung ankommt. Siehe «Opernstudios und der Sängernachwuchs – Hofierte Elite oder Billigkräfte?» (PENZLIN, DAGMAR: in Deutschlandradio-Kultur 6.4.2015).

Europa-Assistent — Sprungbrett zur Karriere

Man schrieb das Jahr 1990. Nach meiner einjährigen ABM als Ausstellungsmacher lag ich schließlich in der sozialen Hängematte. Konnte zum ersten Male Arme und Beine von mir strecken und Sonne tanken. Meine Bezüge waren recht gut. Doch musste ich bald zur Kenntnis nehmen, dass meine flüchtige Berufspraxis bei potenziellen Arbeitgebern kein Interesse zu wecken vermochte. Außerdem zählte ich nicht mehr zu den Jüngsten. Ich war Anfang dreißig und noch immer Quasi-Berufsanfänger, das heißt mit einjähriger Praxis. Was nun? Mein Arbeitsberater riet mir zu einer Zusatzqualifikation, um meine Einstiegschancen zu verbessern. Die Kosten dafür übernähme das Amt, da ich im Leistungsbezug jetzt stünde. Das Amt bekundete mit einem Mal Interesse an meiner Arbeitskraft, was es vorher nicht tat, da es nicht für mich aufzukommen gezwungen war. Die Behörde hatte sich in den Kopf gesetzt, mich schnellstmöglich loszuwerden. Schließlich würde ich am Tropf des Steuerzahlers zu hängen kommen, wenn ich in Arbeitslosenhilfebezug geriete. Auf Arbeitslosengeld hatte man einen zu Recht erworbenen Anspruch. Immerhin hatte man ein Jahr lang in die Arbeitslosenversicherung eingezahlt, auch wenn ich das als mit Steuergroschen subventionierter ABM-Beschäftigter getan hatte. Arbeitslosenhilfe dagegen hatte das Image eines Almosens, das einem die arbeitende Bevölkerung gewährte. Man lag der Allgemeinheit auf der Tasche. Die «Solidargemeinschaft»"[11] sprang ein.

Kurz nach Erhalt meiner Magisterurkunde hatte ich über eine Fortbildung bereits nachgedacht, da ich rasch zu realisieren gezwungen war, dass mir ein umgehender Berufseinstieg versperrt bleiben würde. In Deutschland war die Mauer gefallen und es herrschte nun auch in der ehemaligen DDR Massenarbeitslosigkeit. Weiterbildungsinstitute schossen über Nacht wie Pilze aus den Böden.

Ursprünglich hatte ich eine Weiterqualifizierung zum «Wirtschaftsassistenten» ins Kalkül gezogen, dachte an eine Kombination aus Kunstgeschichte und Kaufmann. Ich träumte von einer Anstellung im Kunsthandel. Nun schien der Weg mir endlich offenzustehen. Die Behörde übernahm die Kosten und ich entschied mich für eine fünfzehnmonatige Ganztagsfortbildung zum «Europa-Assistenten», zuzüglich dreimonatigen Praktikums, bei einem gewerkschaftsnahen Bonner Bildungsträger. Ein Potpourri aus Betriebs- und Volkswirtschaft sowie Englisch und Spanisch, Computer und Bürokommunikation.

Die Teilnahme an einer solchen Bildungsmaßnahme war nicht nur deshalb attraktiv, weil man seine Berufschancen zu verbessern glaubte, sondern ebenso in den Genuss einer höheren Leistung kam, die jetzt Unterhaltsgeld (UHGU) tituliert wurde. Fortbildungen machte man dadurch schmackhaft, schließlich

---

[11] Bezogen auf das spätere ALG-II ist dieser Begriff im Übrigen ein Euphemismus, wenn man weiß, wie Hartz-4 in die Praxis umgesetzt wird. Ebenso der Begriff des «Kunden» des Jobcenters.

wollte das Amt jeden Arbeitslosen von hinten sehen. So kletterte mein sowieso schon ansehnlicher Bezug nach oben, außerdem legte man noch ordentlich Fahrgeld drauf.

Nach meinem BAT-2-Gehalt verfügte ich nun über ein paar weitere Mark. Doch dieses Geld schluckte später die von mir zu entrichtende Miete. Der Emanzipationsdrache, mit dem ich bis dahin in einer gemeinsamen Wohnung verbracht hatte, zog aus. Glück für meine Psyche, Pech für meinen Geldbeutel. Von nun an musste ich für die komplette Miete alleine aufkommen. Aber selbst das haute mich nicht vom Hocker, immerhin, am Horizont ging die Sonne auf.

«Schreiben Sie gute Zensuren, dann bekommen Sie eine Stelle! Dann zählen Sie zu den wenigen, die über einen Hochschulabschluss plus Zusatzqualifikation verfügen!» meinte mein Arbeitsberater Hoffnung schürend.

Mit besagter Sonne im Herzen trat ich nach dem üblichen Papierkrieg die Maßnahme schließlich an.

Es war ein strahlend blauer Oktobertag, Altweibersommer, als man uns, etwa dreißig akademische Mittdreißiger, in den frisch gestrichenen Schulungsräumen des Instituts vis à vis einer Landesklinik willkommen hieß. Es folgten das gewohnte organisatorische Procedere mit Begrüßungsrunde sowie das Herausstellen ehemaliger Schüler, die nach langer Arbeitslosigkeit es schließlich geschafft hätten, einen gut dotierten Posten zu finden.

Die Teilnehmer: Schwemme Lehrer mit erstem oder zweitem

Examen, Jurist, Agrarwissenschaftler, Betriebswirt und Geisteswissenschaftler sahen sich bereits in Chefetagen sitzen und Befehle erteilen. Dementsprechend büffelten alle wie die Wilden. Ferien gab es so gut wie keine. Wochenenden waren verplant mit Pauken. Klausuren schreiben wurde streng beaufsichtigt, und wer eines Täuschungsmanövers überführt wurde, kassierte sofort eine Rüge. Alles in Allem eine Tortur sondergleichen, die man der winkenden beruflichen Aussichten wegen aber gerne in Kauf nahm. Akustisch begleitet wurde das ganze Theater von den Lautmalereien der Insassen der benachbarten Anstalt, wo man, nebenbei gesagt, mittags gut zu Tische sitzt. Doch wenn der Leistungsdruck das einzige gewesen wäre, was einem zu schaffen machte, hätte man vor Freude in die Luft springen können. Nein, Sympathien und Antipathien begannen sich herauszuschälen. Konkurrierende Cliquen traten auf den Plan.

Zwei Einzelkämpfer wurden gar aus der Gemeinschaft gestoßen. Mit diesen wollte kein Mitschüler etwas zu tun haben. Wenn Arbeitsgruppen zu bilden waren, blieben die beiden regelmäßig außen vor. Mutterseelenalleine saßen sie dann im Angesicht der bereits formierten Gruppen und bettelten darum, irgendwo aufgenommen zu werden, was nach langem Hin und Her und großem Nasenrümpfen letztlich gelang. Die beiden galten nicht gerade als die Klassenbesten, weshalb man ein allzu schlechtes Gemeinschaftsprädikat befürchtete, falls man einen der beiden Spezis bei sich in der Gruppe hatte.

Immerhin ging es um einen Arbeitsplatz, und dazu benötigte man gute Noten. Selbst bei dem ersten Wiedersehentreffen nach Kursabschluss saß einer der beiden wieder alleine am Wirtshaustisch.

Darüber hinaus versuchte eine Hand voll frustrierter Pädagogen, zwei Dozenten in die Wüste zu schicken, weil sie der Ansicht waren, sie könnten es besser. Man beklagte sich bei der Geschäftsführung. Eine Dozentin musste ihren Hut nehmen.

Zusammengefasst eine soziale Kloake, deren Rädelsführer dazu qualifiziert worden waren, Vorbilder für unsere Jugend zu sein: Lehrer.

Zu guter Letzt waren die dreimonatigen Praktika angesagt, mit anderen Worten das Sammeln der so wertvollen Berufserfahrung. Schließlich war ja das Fehlen solcher Erfahrung, sieht man von den vollexaminierten Lehrern ab, Grund dafür, weshalb ein Bewerber erst gar nicht zum Vorstellungsgespräch kam. Ein paar junge Damen konnten ihr Glück gar nicht fassen, als sie erfuhren, ihr Praktikum bei der Europäischen Kommission, damals noch in Bonn, absolvieren zu dürfen. Sie sahen sich schon in Brüssel, dem baldigen Kommissionssitz, an den Stellschrauben der Macht agieren. Immerhin war man Europa-Assistentin mit Englisch und Spanisch auf der Zunge. Wie sich nachher aber herausstellte, waren die Damen dazu verdonnert gewesen, den Kopierer zu bedienen. Ein weiterer Teilnehmer volontierte in irgendeiner Firma, um dort den Blitzableiter für den Chef zu spielen. Sogar den Betriebswirten, dem man bei guter Führung die Festeinstellung versprochen hatte, schickte man wieder nach Hause. Eine Arbeit fand meines Wissens so gut wie keiner, außer zwei weiteren Damen, die bereits zuvor als Sekretärinnen gearbeitet hatten, nun als Obersekretärinnen in Aktion treten durften.

Doch darf ich hinzufügen, dass diese Fortbildung trotz der sozialen Rüpelhaftigkeit ihrer Teilnehmer innerhalb meiner Erwerbslosenkarriere mit Abstand der beste Kursus gewesen ist. Bis dahin war ich bloßer Geisteswissenschaftler gewesen, doch nun hatte sich eine neue Pforte geöffnet. Von da an war ich in die Lage versetzt, in das komplizierte Uhrwerk der Kapital-Ökonomie zu blicken. Die etwa 17.000 DM, die der Unterricht dem Steuerzahler pro Teilnehmer gekostet hatte, waren ausnahmsweise nicht in den Sand gesetzt, selbst wenn niemand sofort eine Anstellung fand. Man schrieb das Jahr 1992. Es herrschte Rezession: «Quer durch alle Branchen gehen die Auftragseingänge drastisch zurück. Dollar-Verfall und Konjunkturflaute machen den Unternehmen zu schaffen. Die Gewinne brechen ein, nun sollen massiv Arbeitsplätze abgebaut werden – die deutsche Industrie will schlanker werden. Besonders schlimm hat es den Maschinenbau erwischt.»[12]

---

[12] Der Spiegel / Ausgabenumer 37. Jahrgang 1992 S.133.

Werbefotograf — Mein Traum seit Kindesbeinen

Was mein Praktikum anlangte, vermittelten sie mich an eine Werbeagentur, wo ich Fotos schießen sollte. Es handelte sich um eine gerade gegründete Firma, die von zwei Köpfen geführt wurde, die sich ständig in den Haaren lagen. Eine Verbalsalve jagte die nächste. Einer von den beiden hatte zuvor als Bühnenbildner beim Fernsehen gearbeitet und die Kulissen einer bis heute unvergessenen Kultserie entworfen. Er war der kreative Kopf der Firma und zugleich das leibhaftige Klischee, mit dem der Stammtisch den Prototyp des Künstlers in Verbindung bringt: tobsüchtig, unberechenbar und egomanisch. Doch wo er auch in Erscheinung trat, löste er Bewunderung aus. Immerhin, beim Fernsehen hatte er gearbeitet, was in der Folge dazu führte, dass er die Freiheit eines Narren genoss.

Meine Aufgabe war, einen Hotelkomplex fotografisch in Szene zu setzen. Man hatte mir ein weibliches Fotomodell zur Seite gestellt, um die Anlage, mit ihr als Staffagefigur, fotooptisch aufzuhübschen.

Das hatte mit dem Praktikum eines Kaufmanns zwar nichts zu tun, war aber insofern von mir gewollt, als dass ich von einer Fotografenkarriere bereits seit Kindesbeinen schwärmte. Denn ein paarmal hatte ich versucht, in Köln (Werkkunstschule, heute «Köln International School of Design») und Düsseldorf (Kunstakademie) für künstlerische Fotografie mich einzuschreiben, doch ohne Erfolg. Davon abgesehen, versprach man mir die Übernahme, falls ich meinen Praktikumsjob gut machte. Eigentlich konnte jetzt nichts mehr schiefgehen. Auch ich sah mich schon in irgendwelchen Chefsesseln sitzen und den Art Direktor mimen.

Nun gut, ich schwang mich in den Firmenschlitten, verstaute meine Ausrüstung und manövrierte Richtung Aktionsstätte. Über einen Führerschein verfügte ich, doch über keinerlei Fahrpraxis, was dafür sorgte, dass ich mich mächtig verfranzte, Navigationscomputer gab es damals noch nicht. Mit erheblicher Verspätung trudelte ich schließlich ein. Irgendwann tauchte auch das Model auf, wir begrüßten bei Kaffee und Eissplittertorte, und dann ging es zur Sache, zunächst ins Hallenbad. Eine Palette von Schwimmtextilien, an denen die Preisschildchen noch baumelten, hatte sie mitgebracht, aus dem Bademodengeschäft einer Freundin, ausgeliehen für die Fotos. Und so arbeiteten wir uns Tag für Tag durch das komplette Hotel: Swimming Pool, Tennishalle, Lobby, Gästezimmer usw. Ungefähr 2000 Fotos schoss ich zuzüglich eines Portfolios privater Erotikaufnahmen, die wir in der Nacht machten. Aus dem offiziellen Bilderkatalog wählte Herr Art Direktor die tauglichsten aus, die dann gedruckt wurden. Von den Privataufnahmen wusste niemand etwas, außer dem Model und mir.

Eines Abends erhielt ich einen Anruf. Unter Androhung anwaltlicher Gewalt forderte sie mich auf, ihr sämtliche Nacktfotos einschließlich Negative auszuhändigen. Dem Art Direktor hätte sie schon alles gebeichtet. Letzteres war dann Grund dafür, dass der letzte Funke Hoffnung, eventuell doch noch eingestellt zu werden, vollends erlosch. Irgendwann unter irgendeinem Vorwand bat man mich, nochmals in die Firma zu kommen. Kaum hatte ich die Türschwelle übertreten, als der Art Direktor auch schon den Wilden wieder spielte. Unverzüglich solle ich die Negative mit den Sexfotos rausrücken. Was ich aber nicht tat, weil man mich dazu juristisch gar nicht zwingen konnte. Schließlich hatte sie diesen Fotos aus freien Stücken zugestimmt. Nur nicht ausstellen oder verkaufen durfte ich die Fotos. Törichterweise verfüge ich nicht über das Copyright.

Später lief mir ein ehemaliger Mitarbeiter über den Weg und erzählte mir, dass ein weiterer Tobsuchtsanfall unseres Art Direktors, und das vor versammelter Kundschaft, dafür gesorgt hätte, dass ein so gut wie vertragsreifer Werbedeal über Abertausende DM erst gar nicht zustande gekommen wäre, worauf die Belegschaft kurzerhand alle Türschlösser auswechselte, so dass unser Art Direktor keinen Zutritt zu seiner eigenen Firma mehr hatte. Man hatte ja noch einen zweiten Geschäftsführer in petto.

Berlin — Berlin — Berlin

Man schrieb das Jahr 1992. Deutschland war wiedervereinigt, und die westdeutschen Glücksritter machten sich auf in den Osten. So hatte auch ich das Glück, einen dieser Ritter kennenzulernen. Es winkte eine Stelle in Berlin. Viele, die in Ostdeutschland gründeten, wurden von Vater Staat ordentlich bezuschusst, da eine «Birne» blühende Landschaften zu bestellen sich vorgenommen hatte und das hieß, Arbeitsplätze schaffen. Der mir bekannte Pionier gründete kurz nach Mauerfall im Osten unserer Hauptstadt sein Institut, das den Austausch mit China auf wirtschaftlicher und kultureller Ebene zu pflegen, sich auf die Fahne geschrieben hatte. Es dauerte nicht lange, als seine Belegschaft mehr als 100 Mitarbeiter zählte, darunter nicht wenige ehemalige Bedienstete der DDR, die aufgrund von Alter oder früherer politischer Gesinnung kaum mehr eine Chance zu haben schienen, jemals einen Arbeitsplatz wieder zu finden, wenigstens nicht im öffentlichen Dienst und in der Politik.[13] Ausschließlich ABM, angefangen bei niedrigen Gehaltsstufen bis hin zu BAT-1-Ost. Bei diesen ABM handelte es sich aber nicht um Individualförderung im Sinne eines einzelnen Arbeitnehmers, sondern um Strukturförderung

---

[13] Dass ehemalige Stasi-Mitarbeiter im wieder vereinigten Deutschland keine neuen Ämter mehr bekleiden würden, sollte sich später als fataler Irrtum herausstellen. Viele stiegen nachher in die Politik erneut ein und machten Karriere. Eine verblüffende Ähnlichkeit mit Nachkriegs-Westdeutschland, wo ehemalige Nazis wieder zu Amt und Würden kamen.

Ost, weshalb der Betrieb personell zu überwuchern anfing. Zunächst zwei Firmensitze in maroden Altbauten unterschiedlicher Stadtteile. Eine Kolonne Handlanger päppelte die Büroräume auf: Raufaser kleben und streichen, Fenster und Türen lackieren, Teppichboden verlegen. Danach Büromöbel und Computer aufstellen. Finanziert durch Arbeitsamt, Berliner Senat und Europäische Kommission.

Das Konzept des Instituts lehnte sich an dasjenige ähnlicher bis dato bereits in Westdeutschland bestehender Institutionen an. Landeskundliche Studien zu Ostasien einschließlich China und früherer Sowjetrepubliken. Managementseminare und China-Reisen. Länderspezifische Fachabteilungen, Bibliothek, Periodika, hauseigene Satzanstalt. Konzeptionell außerordentlich gut ausgerichtet, gerade damals, als deutsche Investoren in den Sattel stiegen, um in China Fuß zu fassen. Für viele arbeitslos gewordene Ostdeutsche schien dieses Institut ihr Rettungsboot zu sein. Auf der anderen Seite waren diese früheren DDR-Bediensteten für das Institut Gold wert, da sie über wichtige Kontakte und entsprechendes Know-how verfügten, mit anderen Worten, Fachkräfte darstellten. Das Potenzial für Politik, Wirtschaft und Kultur, vor allem was die deutsch-chinesischen Beziehungen in welchen Kanälen auch immer anlangte, war gewaltig, weshalb die genannten Institutionen den Träger großzügig subventionierten. Obgleich die Angestellten in ABM beschäftigt waren, stellte man ihnen Dauerarbeitsplätze in Aussicht. Ich selbst arbeitete als Public-Relation-Kraft.

Kurz bevor das Institut nach etwa drei Jahren Konkurs anmelden musste, durfte ich noch dem Umzug der beiden ursprünglichen Sitze in eine von Kopf bis Fuß sanierte Villa der wilhelminischen Ära der Extraklasse beiwohnen. Heute eine Nobeladresse in einem der feinsten Kieze von Ost-Berlin. Was war geschehen?

Zunächst Nürnberg und dann Berlin und Brüssel hatten über Nacht den Geldhahn zugedreht. Wahrscheinlich weil Mitarbeiter, deren Maßnahmen nach wiederholter Verlängerung ausliefen und dann – entgegen ursprünglicher Planung – in kein festes Arbeitsverhältnis übernommen werden konnten, beim Arbeitsamt über das Institut aus Frust Gerüchte verbreiteten, mit anderen Worten, es anschwärzten. Inwieweit ihre Argumente berechtigt waren, vermag ich nicht zu beurteilen. Allerdings sind mir drei Gründe bekannt, weshalb das überaus erfolgversprechende Konzept sich letztlich nicht in die Praxis überführen ließ. Erstens wuchs das Unternehmen zu schnell, das heißt zu viele Mitarbeiter in zu kurzer Zeit, was dazu führte, dass die Bürokommunikation aus dem Ruder lief. Zweitens, dass wenige aus dem Westen stammende Büroleiter über viele aus dem Osten stammende Arbeitnehmer Befehlsgewalt ausübten. Und drittens, die Geschäftsführung nicht vermochte, Verantwortung aus ihren Händen zu geben, das heißt zu delegieren. Die Gründer führten patriarchalisch, wogegen, für sich betrachtet, nichts einzuwenden war, da die meisten Angestellten im DDR-Regime groß geworden waren. Aber ihrer Ansicht nach dieses

Mal von Wendeprofiteuren sich bevormunden zu lassen, dazu war man nicht mehr bereit, weswegen das Institut schließlich gegen die Wand fahren musste. Unübersichtliche Büro-Organisation, mangelhaftes Management und die Siegermentalität der westdeutschen Leitung waren die Faktoren, aufgrund welcher der Einrichtung der Subventionsboden unter den Füßen wegbrach. Es gab Konkursausfallgeld. Trotz hoher Konzeptgüte und für das Chinageschäft unverzichtbarer Fachkräfte konnte kein Investor gefunden werden. Ein junges hoffnungsmachendes Institut mit ausgezeichneten Kontakten zu Politik und Wirtschaft war über Nacht eingeschläfert worden. Zahlreiche Mitarbeiter fanden anschließend keine neue Stellung mehr und waren gezwungen, bis zur Rente stempeln zu gehen.

Obwohl auch dieses Mal ein neues Hoffnungsschloss in Luft sich aufgelöst hatte, lernte ich Berlin kennen. Eine Stadt, welche mittlerweile in einem Atemzug mit London oder Paris genannt wird. Berlin unmittelbar nach der Wende: große Baustelle und zwei Völker. Die Mauer war zwar fort, aber nicht in den Köpfen. Die Landschaften blühten zwar nicht, aber wurden vielerorts menschenleer. Als nicht nur den Ost-Berlinern der erste kapitalistische Wind um die Ohren pfiff, sehnten sich viele die Mauer wieder herbei. Dieses Mal aber doppelt so hoch wie diejenige, unter der sie 40 Jahre gelitten hatten. Lieber Sicherheit als Freiheit. Am besten Staatssicherheit. Das deutsche Gedächtnis kennt keine Erinnerung. Und die die

Schatten der Vergangenheit im kollektiven Bewusstsein wachzurütteln sich bemühen, der moralischen Mahnung wegen, um einer gerechteren Welt willen, werden oft Nestbeschmutzer tituliert.

Doktorstudium und Arbeitsmarktreform

Mittlerweile war ich an den Rhein zurückgekehrt und bezog, nach Konkursausfallgeld (heute Insolvenzgeld), das damalige klassische Arbeitslosengeld erneut. Von nun an bewegte auf meinem persönlichen Arbeitsmarkt sich rein gar nichts mehr außer dem Hamsterrad in meinem Kopfe und der sinkenden Arche Noah, die sich meine Familie schimpft. Da beschloss ich, meine Doktorstudien wieder aufzunehmen. Mein Professor, mit dem zusammen ich die Klippen des Magisterexamens erfolgreich umschifft hatte, unterbreitete mir seinerzeit das Angebot, bei ihm promovieren zu dürfen. Während meiner ersten Maßnahme als Ausstellungsmacher hatte ich in berufsbegleitender Regie bereits damit begonnen, entsprechende Literatur zu beschaffen und darin nicht nur zu blättern, sondern mit derselben mich auch auseinanderzusetzen. Geld floss ja vom Amt, und selbiges war nicht in der Lage, mir eine Stelle zu vermitteln, geschweige ich mir selbst. Allerdings war es gemäß Behörde untersagt, bei Leistungsbezug Hörsäle zu betreten, das heißt zu studieren. Falls man aber einen akademischen

Abschluss bereits in der Tasche hatte, war es gestattet. Es galt als eine Art von Hobbyaufbaustudium.

Doch weshalb sind Betroffene einschließlich derer, denen ihr Schicksal neuerdings Hartz-IV verordnet, oft daran gehindert, einer beruflichen Ausbildung nachzugehen, wenn sie sowieso zum Anstarren der häuslichen vier Wände verurteilt sind? Andererseits werden Jobcenterklienten in Maßnahmen hineingeprügelt, die jeglicher Logik entbehren, mit der Begründung, dort angeblich das Frühaufstehen wieder zu erlernen, als seien sie Komapatienten, oder nicht Gefahr zu laufen, zur Flasche greifen zu müssen, solange man in den Schulungsräumen der «Bildungsraubritter» sich aufhalte.
Nein, eine große Lüge. Denn es geht wieder einmal um Politik und die verfolgt bekanntlich Interessen. Es geht schlicht und ergreifend darum, den Dienstleistungssektor «Qualifizierung» künstlich am Leben zu erhalten, um der Bevölkerung vorzugaukeln, dass soundsoviele Betriebe in der Bundesrepublik das Bruttoinlandsprodukt (BIP) steigerten, mit anderen Worten, die deutsche Wirtschaft prosperiere. Denn es sind – ohne statistische Leitern erklettern zu wollen, das sei Experten vorbehalten – schier unfassbar viele Bildungsträger, die auf Kosten des Steuerzahlers eine goldene Nase sich verdienen, indem sie oftmals sinnlose Schulungen durchführen, wenigstens was die sogenannten Bewerbertrainings anlangt. Nicht selten sind es selbst ehemalige Stellenlose, die dadurch zu Existenzgründern

werden, die selbst wieder Dozenten beschäftigen, die ansonsten ebenfalls stellenlos wären. Ganz abgesehen von den geschundenen Hartz-4-Sklaven, die das alles auszubaden haben, denn diese fallen ebenfalls aus der Statistik.

All das trägt zur Beschönigung der Arbeitslosenstatistik bei. Diese ganze beschönigende Arbeitslosenstatistik – wenn man dieselbe interpretiert und jede Statistik bedarf der Interpretation, um zu verstehen – ist nichts anderes als das Schmieren von Honig um den Bart derer, die durch ihre Maloche den ganzen Wahnsinn aufrechterhalten, damit man oben weiter huren und prassen kann. Die Bundesrepublik ist auf dem besten Wege, ein Feudalstaat zu werden, aber eines Feudalstaates mit Janusmaske: unsichtbar hinter den Kulissen, während auf der Bühne der Leierkasten des Wohlstandgeplappers dudelt. Man muss nicht fragen, wie viele Menschen in unserem Lande ohne Arbeit sind, sondern wie viele Transferleistungen beziehen, und dann geht jedem der Hut hoch.

Deutschland hat sich verändert. LUDWIG ERHARDS Wirtschaftswunderland ist passé. Es regiert das Kapital, aber nicht mehr im Sinne von «Wohlstand für alle», als vielmehr im Sinne von «ausschließlich Luxus für wenige». Die Profiteure[14] sind u. a. Banken- und Energie-Wirtschaft, Automobil-, Stahl- und Pharma-Industrie, Handel, Telekommunikation, Logistik und alle

---

[14] vgl. «Der geplünderte Staat – Geheime Milliarden-Deals in Deutschland.» Dokumentation von STEFAN AUST und THOMAS AMMANN, NDR 2013.

diejenigen, die sowieso schon im Schlaraffenland leben. Denn bekanntlich bekommen diejenigen, die haben, noch eine Portion obendrauf, so eine Art Nachschlag wie in der Kantine. Und denjenigen, die so gut wie nichts haben, fasst man obendrein noch in die Taschen. Ich denke dabei sowohl an die konventionellen als auch die Ein-Eltern-Teil-Familien, die auf Hartz-4 angewiesen sind, denen man beispielsweise Kinder- und Elterngeld anrechnet, während Großverdiener das Kindergeld nachgeworfen bekommen. Kinderarmut ist selbst im einstigen Wirtschaftswunderland zu einer traurigen Tatsache geworden.[15] Kinder sind das Humankapital von morgen. Stattdessen substituiert das Abschreckungspaket, genannt Bildungspaket, Kinder- und Elterngeld für die Betroffenen. Bürokratie bis der Arzt kommt. Wie fast alles, was die Jobcenter verwalten, größtenteils bürokratischer Popanz ist.

Doch zurück zur Promotion. Na ja, in diesem Falle war auch ich Nutznießer des Sozialsystems, aber eines Sozialsystems, dem die rot-grüne Regierung den Garaus machen würde. Mit Pauken und Trompeten und Basta-Befehl würde man das, was vermeintlich notwendig war, kurz vor Weihnachten 2003 eiligst durch den Bundesrat winken. Denn das Zweite Sozialgesetzbuch (SGB II) ist meines Erachtens ein auf die Schnelle

---

[15] Statistiker gehen von einer Zahl zwischen 1,5 bis 2 Millionen in Armut lebenden Kindern in Deutschland aus.
Siehe auch FERRES, VERONIKA: Kinder sind unser Leben. Droemer-Verlag, München 2011.

zusammengehauenes Flickschusterwerk, das mit unserem von jedem aufrichtigen Demokraten auf dieser Welt gelobten Gesetz unserer Gründungsväter (GG) in vielerlei Hinsicht nicht vereinbar ist. Jede andere gesellschaftliche Gruppe, soweit sie über eine Lobby verfügt, hätte sich dieses nicht gefallen lassen. Aber wo war die Lobby der Arbeitslosen? Sie schufen sich in der Vereinigung unter dem Banner der Montagsdemos ihre eigene. Man spuckte solange große Töne, bis man wieder nach Hause pilgerte, um sich am sozialen Ofen, in dem die Asche sich schon breit zu machen begonnen hatte, zu wärmen. Der Straßenprotest gegen Hartz-4 war nur Strohfeuer gewesen. Das muss man den Betroffenen in ihr Stammbuch schreiben, ob es ihnen gefällt oder nicht.

Zuvor allerdings hatte eine friedliche Revolution eine ewige Mauer zu Fall gebracht[16], die ein gewisser Niemand bauen wollte. Ich verstehe Deutschland nicht.

---

[16] Inwieweit die «DDR-Revolutionäre», also die «Wir sind das Volk» Skandierenden von 1989/90 die Wiedervereinigung auslösten oder ob dafür der wirtschaftliche Bankrott der DDR in Rechnung zu stellen ist, bleibt strittig. Nichtsdestoweniger dürfte ohne die Montags-Demonstranten von damals die DDR weiter existiert haben.

Akropolis — Pompeji — Rom

1994 und Arbeit hatte ich noch immer keine gefunden. Auf meinem Schreibtisch türmten sich die Stellenabsagen, zusammengekittet aus idiomatischen Mosaiken, wie dass man sich für einen anderen Bewerber entschieden hätte, meine Qualifikation dem Anforderungsprofil nicht entspräche, mir wünschte, bald eine Stelle zu finden und überhaupt Erfolg für die berufliche Zukunft. Der übliche nichtssagende Alibifirlefanz. Mehrmals schwang ich den Hörer, um zu erfahren, weshalb ich nicht in die engere Wahl genommen worden sei. Denn zu einem richtigen Bewerbungsgespräch bezüglich einer richtigen Stelle bin ich bis auf eine Ausnahme niemals gekommen. Am Telefon sagte man mir, dass wegen der Bewerberflut man mich nicht zuordnen, das heißt mir keine Auskunft erteilen könne, und der Chef sowieso in einer Besprechung säße. Schriftliche Nachfragen beantwortete man erst gar nicht. Die besagte Ausnahme machte ein in einer rheinischen Metropole angesiedeltes Reiseunternehmen, das auf die Durchführung von Kunstreisen sich spezialisiert hatte: Akropolis, Pompeji, Rom und so fort. Sie suchten einen Kunsthistoriker. Wie ich dann in dem ersten und letzten echten Vorstellungsgespräch erfuhr, hätte meine Aufgabe darin bestanden, vorzugsweise bei Banken Kunden zu akquirieren. Die Zahl der Stellenbewerber war immens. Doch haben wollten sie ausgerechnet mich. Ich verfügte über die bis dato exotische Kombination aus Kunstgeschichte und Business-Know-how. Zudem konnte ich fließend Englisch und Spanisch, und obendrein Fotos schießen. Allerdings fiel die Entlohnung bescheiden aus: Fixum knapp über 1.000 DM plus Vermittlungsprovision. Ich lehnte ab mit der Begründung, davon keine Familie ernähren zu können. Mein Leistungsbezug bewegte sich seinerzeit bei 1.800 DM plus Renten- und Krankenversicherung. Ergo wartete ich auf einen besser bezahlten Job, was aus heutiger Sicht ein Riesenfehler war, gerade für einen Quasi-Berufsanfänger. Doch frage ich mich, wer unter diesen Umständen anders gehandelt hätte? Mir war zum damaligen Zeitpunkt die Angespanntheit der deutschen Wirtschaft und damit des deutschen Arbeitsmarktes einfach nicht bewusst. Außerdem hatte ich Angst, aus dem letzten Leistungsbezug zu fallen, falls ich den Job annähme und nachher daraus nichts würde. Beispielsweise nicht genügend Kunden werben und dadurch eine bloß geringe Provision abschöpfen zu können. Darüber hinaus wäre ich selbständig gewesen, hätte nicht in die Arbeitslosenversicherung eingezahlt, weshalb ich im worst case mich hätte an das Sozialamt wenden müssen. Doch muss man in Rechnung stellen, dass meine Leistungsansprüche im Falle von Arbeitslosigkeit spätestens erst nach sechs Monaten erloschen wären. Innerhalb eines halben Jahres, wenn alle Stricke gerissen wären, hätte ich ohne Weiteres zum Arbeitsamt zurückkehren und die alte Leistung wieder aufleben lassen können. Ein experimentelles Zeitfenster von sechs Monaten stand für mich also offen. Doch wenn ich ehrlich bin, würde ich mit selbigem Bewusstsein heute nicht anders handeln. Nachher ist man eben immer schlauer.

Die Konditionen für einen stellenlosen Leistungsbezieher der Premium-Klasse waren einfach so fabelhaft, dass man vom Arbeiten abgehalten wurde. So gab es schwarze Schafe, die, einmal im hohen Leistungsbezug, jeden Arbeitsvermittlungsvorschlag vereitelten und über Jahre die Sozialkassen plünderten. Doch waren dies Ausnahmen. Nichtsdestoweniger aber war das deutsche Sozialnetz seinerzeit so geknüpft, dass es privilegierten Leistungsbeziehern leicht gemacht wurde, auf die faule Haut sich zu legen, womit aber Hartz-4 keinesfalls zu rechtfertigen ist. Hartz-4 hat den Spieß nur rumgedreht.

So war mir ein Arbeitslosengeldbezieher besagter Premium-Klasse bekannt, der eine BAT-2-Stelle ausschlug mit der Begründung, BAT-1 zu beanspruchen.

Die Sieben Berge und Christo & Jeanne-Claude

Die Promotion, der Schlussstein der von Fortuna mir bis dahin aufgebürdeten Lebensbahn: Hatte mich in Bibliotheken herumgetrieben, ohne Ende Bücher ausgeliehen, die sich auf meinem Schreibtisch gestapelt hatten wie einst Goethes Manuskripte auf dem seinen.

Thema ist eine Skulptur in der Kirche eines Siebengebirgsdorfes. Ich stieß vor zu neuen Erkenntnishorizonten, ließ das bis dato aus den Bergwerken des Wissens gewonnene Fundgut hinter mir und fasste dann alles zu einer revolutionären These zusammen. Doch musste ich registrieren, dass das Siebengebirgsdorf gegen fachliches Neuland allergisch ist. Schließlich war dort ein promovierter Historiker tätig, der in grauer Vorzeit über jene künstlerische Blüte seine eigene, wenn auch größtenteils aus fremden Quellen gespeiste, These formulierte. Und an dieser hält das Dorf bis heute fest wie Kapitän Ahab am dicken Moby. Gar der damalige Pastor verfasste in seinem Kirchenblättchen ein verächtliches Pamphlet gegen meine Forschungen, obgleich er darüber explizit gar nicht im Bilde war. Lediglich über einen entsprechenden Vortrag, den ich seinerzeit gehalten hatte, bekam er Wind davon, vermittelt durch den Bericht in einem Provinzblatt, der mein Referat allerdings fahrlässig verwässerte. Aber war das Anlass genug für den Seelenhirten, mich in seinem Blättchen zu diskreditieren. Darin gab er zum Besten, meinen Behauptungen gemäß könne man froh sein, dass es nicht die Außerirdischen gewesen seien, die die Skulptur geschaffen hätten. Und überhaupt, sei ich auf dem wissenschaftlichen Holzweg. Denn von des Dorfhistorikers These sei man nach wie vor unerschütterlich überzeugt. Das alles einer Provinzzeitung wegen. Das ist in etwa so, wenn man das, was in einem Boulevardblatt geschrieben steht, für bare Münze nimmt, anstatt sich bei der Quelle zu erkundigen. Oft habe ich darüber spekuliert, weshalb das Dorf meine Studien mit aller Macht ablehnt, obgleich das, was der Dorfhistoriker behauptet, ganz entschieden gegen die kunsthistorische Lehre spricht.

Nachdem ich meine wissenschaftlichen Untersuchungen als Verlagswerk des Buchhandels publizieren konnte, für das der Dorfpastor im Übrigen jeglichen Druckkostenzuschuss verweigerte, erhielt der Herausgeber, eine mittlerweile aufgegebene Benediktinerabtei, den eisigen Brief eines Eingeborenen des besagten Dorfes, wo dieser einen flüchtigen Mückenfehler in meinem Buch monierte, den er dann zum Elefanten aufbauschte. Er sei ein waschechter Dorfjunge und seit Anno Domini mit der Abtei verbunden usw.

Dabei hatte ich durch diese Publikation das Siebengebirgsdorf aufgewertet. Denn nun veranstaltete man Kulturausflüge, um das Kunstwerk näher in Augenschein zu nehmen. An den Wirtshaustischen saßen jetzt mehr Gäste als zuvor, das Bier floss in Strömen und die Grillteller wurden gereicht. Der Ort rückte ins öffentliche Bewusstsein. Doch denjenigen, dem sie all das zu verdanken hatten, stießen sie in die Hölle wie der Heilige Michael den Drachen.

Ähnlich erging es woanders einem Bildhauer, der die Brunnenstatue eines Steinzeitmenschen meißelte, den man zusammen mit Frau und Hund bei Steinbrucharbeiten unweit von Königswinter gefunden hatte. Das rief irgendwelche Hobbyarchäologen auf den Plan. Diese Skulptur wäre dem ausgegrabenen Original so fern wie sonst nur was, obwohl man nur ein Skelett ausgegraben hatte. Man muss dazu sagen, dass es dem Bildhauer nicht um eine authentische Darstellung dieses Steinzeitmenschen ging, wie dieser auch immer ausgesehen haben mag, sondern um eine subjektiv empfundene künstlerische. Auch das ist provinzielle Wichtigtuerei.

Auf jeden Fall ward ich in den Olymp der akademischen Götter aufgenommen und glücklich wie ein Schneekönig. Nun hätte ich es geschafft nach all den Jahren pekuniärer Entbehrung und den daraus für mein bisheriges Leben resultierenden Folgen.

Da erhielt ich die Einladung, an die Spree zu kommen, um der Reichstagsverhüllung von CHRISTO & JEANNE-CLAUDE beizuwohnen, samt Gratis-Hin- und Rückreise sowie freier Kost & Logis. Als ich meinen Arbeitsvermittler aufsuchte, um ein paar Tage Urlaub dafür zu nehmen, drückte er mir ein verlockendes Stellenangebot in die Hand. Soweit ich mich erinnern kann, ging es um die Rekonstruktion der historischen Innenausstattung eines Märchenschlosses, ebenfalls in den Sieben Bergen, zwar auch eine befristete ABM, aber voraussichtlich bis zu drei Jahren und BAT-II. Höchst interessant, schoss es mir durch den Kopf, der «Mercedes» einer ABM, das sei doch eine Perspektive. Ich schwang den Hörer und erhielt einen Vorstellungstermin genau an dem Tag, als ich nach Berlin aufbrechen wollte.

Berlin ließ ich sausen und erschien zum Interview in einer rheinischen Großstadt: Riesensaal, Riesentisch, Riesenrunde. Um es kurz zu machen: Riesenflopp. Inwieweit man diese Maßnahme von Anfang an mit einem bestimmten Kollegen zu besetzen beabsichtigte, weiß ich nicht zu beurteilen, weswegen ich dies auch nicht behaupten möchte. Was mir aber ein Amtsschimmel mitteilte, ist, dass derjenige, der die Stelle schließlich bekam, aufgrund seiner Fachferne, mit der zu erfüllenden Aufgabe nicht viel am Hut gehabt hätte. Gemäß dieser Aussage dürfte man das übliche Affentheater inszeniert und Alibi-Bewerber eingeladen haben, um denselben aus irgendwelchen Gründen dann abzusagen. Es gab welche mit ausgeprägter Themennähe, die man aber nach Hause schickte. Ein Mitglied der Arbeitgeberrunde, der Boss eines Heimatmuseums, behauptete gar, mich nicht zu kennen, obgleich derselbe bei einem meiner Vorträge Gast gewesen war und Fragen an mich gestellt hatte.

Falls auf diese Stelle von vornehrein ein bestimmter Anspruchsberechtigter ins Visier gefasst worden war – was durchaus nicht illegitim gewesen wäre – hätte man, schon alleine der Fairness halber anderen Mitbewerbern gegenüber, das «Affentheater» sich sparen sollen.

Denn meiner bemächtigte sich der Zorn: Ich hatte die Berliner Reichstagsverhüllung in den Wind geschossen. Im Übrigen ein Projekt, an welchem mein Doktorvater tatkräftig mitgewirkt hatte. Unverzeihlich.

Eine Kunstanstalt und ein Sonnenscheinverein

Erneuter Vermittlungsvorschlag vom Amt, wieder ABM. Irgendeine Kunstanstalt. Lange Rede, kurzer Sinn, ich schwang wie üblich den Hörer, um Näheres in Erfahrung zu bringen. Kaum dass man am anderen Ende das Rohr abgehoben hatte, als ich auch schon hörte, wie jemand die Sekretärin zusammenfaltete: Der Chef und genau den wollte ich sprechen. Irgendwann ließ er sich herab, um mit mir zu kommunizieren. Kurz angebunden, unfreundlich, möge mich schriftlich bewerben. Dann warf er das Rohr zurück in die Gabel. Ich habe mich schriftlich beworben und es dauerte nicht lange, als ich auch schon ein prall gefülltes Couvert erhielt, fast ein Paket. Absage. Antwort: Hätten sich für einen anderen entschieden und all dieses Verbaltheater. Aber das Schönste waren die Papiere, die das Couvert so fett machten, Reklameprospekte von seiner Anstalt mit dem Vermerk, ich möge es doch zunächst einmal mit einem Kunstkursus versuchen. Kostenpunkt: soundsoviel. Unverschämt, einfach nur unverschämt, als seien wir «Häftlinge auf Freigang» als Goldesel unterwegs. Im Übrigen sehr beliebt bei damaligen Absage-Eintütungen, das Couvert schön vollmachen mit Propagandamaterial. Daraufhin erkundigte ich mich nach irgendeiner Beratungsstelle für Erwerbslose, fand dann eine, irgendwo draußen in der Pampa. Ich weiß nicht mehr den Slogan dieser Gesellschaft, auf jeden Fall bin ich dahin, um mich in punkto Beschwerde beraten zu lassen. Denn das wollte ich nicht auf mir sitzen lassen, dieser freche Kerl von Kunsthausmeister. Ich bat darum, dass dieser Beratungs-Sonnenscheinverein ein Schimpfschreiben an diesen Kunstpapst schickte. Wurde verneint. Ich habe mich gefragt, wofür ein solcher Verein überhaupt existierte, wenn der sowieso niemandem half, zumindest mir nicht. Später erfuhr ich, dass dieser Verein selbst vom Arbeitsamt über Wasser gehalten wurde, sozusagen vom Amt abhängig war. Konnten sich nichts erlauben, mussten kuschen, sonst wäre denen der Geldhahn zugedreht worden. Kollaborateure. Der Häuptling dieser Gesellschaft arbeitete selbst in ABM, aussehen tat er aber wie der Ersatz-Jesus in persona. Schlossgarten-Optik: ausgebeulte Arbeitshose, die Jeans sich schimpft, Woodstock-Sandalen usw.

Viele Jahre später begegnete mir jener Kunstreklamemeister von der schöngeistigen Anstalt irgendwo auf einer Vernissage. Das Publikum warf sich ihm zu Füßen. Er war ja der Kunstchef und die anderen schöngeistigen Besucher dessen Schäfchen. Dann redete er über einen berühmten Bauhaus-Künstler. Großer Schwachsinn. Mit diesem Künstler hatte ich mich eingehendst beschäftigt und wusste deshalb, wo es lang zu gehen hatte.

Gustav würde sich im Grabe herumdrehen

Doch ließ ich den Mut nicht sinken. Noch immer hegte ich die leise Hoffnung, eines Tages an irgendeinem Musentempel beschäftigt, einem Auktionshaus tätig zu sein oder überhaupt irgendwo in Lohn und Brot zu stehen. So verdienten die Hersteller von Papier und Bewerbungsmappen als auch die Post weiterhin an mir, während ich in die Tasten haute, was das Zeug hergab. Hier wurde ein Kurator, dort der Redakteur einer Kunstzeitschrift und an anderer Stelle ein Kulturexperte mit einschlägiger Erfahrung als Public-Relation-Kraft gesucht. Na, dachte ich, mit einem Magister samt Doktortitel und kaufmännischer Ausbildung zuzüglich fotografischer Kompetenz müsste ich es irgendwie auf die Reihe kriegen. Hände ringend suchte man bereits nach mir. Fehlanzeige. Wund schrieb ich mir die Finger. Beantragte die Zurückerstattung immenser Bewerbungskosten. Lief mehrmals zum Fotografen, dass dieser ein möglichst Sympathie erweckendes Porträt schieße und so weiter. Da wider jegliche Erwartung bloß das Hamsterrad in meinem Kopfe sich drehte anstatt die Welt um mich herum, ereilte mich irgendwann eine neue Einladung vom Amt: «Vermittlungsseminar für Akademikerinnen und Akademiker» bei einem Bonner Tagungs- und Bildungsinstitut mit anschließendem Praktikum. Das müsse die heiß ersehnte Rettung sein, ein europäisch ausgerichteter Träger. Na, dann nichts wie hin.

Etwa dreißig von Arbeitslosigkeit gezeichnete akademische Fahrstuhlgesichter, vorwiegend zwischen 30 und 40, drückten mit mir die Schulbank, um dem Gespenst von Armut und gesellschaftlicher Ächtung zu entkommen.

Das Dozenten-Team bestand aus einer Hand voll bunt zusammengewürfelter Pädagogen und Psychologen, wobei mit einem ich dasselbe Elitegymnasium besucht hatte: alter Klassenkamerad. Einer Dozentin sagte man nach, keinen Slip unter ihrem Rock zu tragen, weshalb ein Kunde nachträglich darüber beim Amt sich beschwert haben sollte, was ich allerdings ganz und gar nicht verstehe. Im Gegenteil: Öfter mal was Neues. Wahrscheinlich handelte es sich bei diesem Beschwerdeführer um einen jener vielen prüden Überstudierten.

Das übliche Procedere: Namensschilder basteln und dann im Plenum, sich gegenseitig vorstellen. Ich bin soundso alt, habe das und das studiert, war da und da beschäftigt und bin seit dem soundsovielten arbeitslos. Zwischendurch ging ein Lachen durch die Runde, man nahm emotionale Tuchfühlung auf. Hier ein Betriebswirt, wieder ein Schwung Lehrer, dort ein Volkswirt, ein Historiker usw. Und dann ein durchgeknallter Arzt, eine Art tapferes Schneiderlein, stets im Schneidersitz, für den jedes menschliche Exemplar ein Kinderbuchautor war. Interessanter Fall. Reif für die Ledercouch. Zu guter Letzt ein Hoch- und Tiefbau-Ingenieur mit Stahlgewitter-Becher à la ERNST JÜNGER, der vor versammelter Mannschaft gegenüber einer «Betreuerin» bemerkte: «Wissen Sie was? Für mich sind Sie einfach nur `ne ganz dumme Göre!»

Jetzt stellte sich die Dozentenmannschaft vor. Übliches Geplänkel. Weil sich unter den armen Teufeln auch Doktoren wie ich befanden, erkundigte sich die Leitung, ob jemand an Bord sei, der mit seinem Titel angesprochen werden wolle. Die Art und Weise der Frage war auf ein zu erwartendes Nein ausgerichtet und dementsprechend fiel die Antwort aus. Stille im Saal. Und welcher Herr Doktor wollte schon aus der Reihe tanzen? Mir persönlich war es gleich, mit Herr Doktor angesprochen zu werden oder auch nicht, was aber ein Fehler war. Man muss hinzufügen, dass von den Dozenten niemand über einen Doktorgrad verfügte, weshalb die Leitung Erleichterung empfand. Denn die soziale Respekthürde uns Doktoren gegenüber war nun nicht mehr so hoch. Alle waren rangmäßig eingenordet. Druck auszuüben, was uns Doktoren betraf, fiel nun leichter als mit Titel.

Nachdem man sich ein wenig näher gekommen war, folgte das Ausfüllen der obligatorischen Formulare: Papiere über Papiere. Fragen über Fragen: Können Sie sich vorstellen, hier oder dort zu arbeiten? Würden Sie auch bundesweit eine Stelle annehmen wollen? Wären Sie bereit, sich in ein neues Fachgebiet einzuarbeiten? Leiden sie unter einer chronischen Krankheit?

Darauf hinzuweisen ist, dass die Fragen, die der Betroffene solcher Maßnahmen gewöhnlich zu beantworten aufgefordert ist, oft über das Maß dessen hinausgehen, was Recht und Gesetz ist. Es gibt stets eine Anzahl von Fragen, die dem Träger und damit dem Amt Einblicke in die Person verschaffen sollen, um dieselbe gefügig zu machen nach dem Motto: Je mehr ich von dir weiß, umso mehr Macht habe ich über dich. Der Betroffene in der Mühle der Behörde, Opfer kafkaesken Politikpokers.

An dieser Stelle sei betont, dass die Arbeitsmarktpolitik nicht selten anderen Interessen untersteht als denen der Betroffenen selbst. Das wurde bereits deutlich an der künstlich aufrecht zu erhaltenen Qualifizierungsbranche. Viele über das Ziel hinausgehende Fragen horchen den Betroffenen aus, um ihm gegenüber nachher die besseren Argumente zu haben, wenn es darum geht, ihn mittels einer von ihm selbst gewünschten Integrationsmaßnahme eben nicht in Lohn und Brot zu bringen. Dazu gehört auch der psychologische Test in Zusammenhang mit dem gleichlautenden Dienst. Ein mir bekannter langzeitarbeitsloser kaufmännischer Angestellter bettelte beim Jobcenter Jahre darum, eine SAP-Schulung finanziert zu bekommen, was man ihm regelmäßig verweigerte, bis eines Tages sein neuer Persönlicher Ansprechpartner (PAP) ihm diese

Bitte gewährte. Das geht soweit, dass seitens der Jobcenter Betroffene lieber weiterhin alimentiert werden als ihnen eine erfolgversprechende Berufsqualifizierung zu bezahlen, womit sie der Behörde den Rücken zukehren könnten. Einem Langzeitarbeitslosen, der in seinem erlernten Beruf keine Stelle mehr fand, wurde jahrelang die Übernahme der Kosten für eine Ausbildung zum Altenpfleger, im Übrigen sein Traumberuf, verweigert, bis er es schließlich zustande brachte, von der Behörde sich zu lösen, da er außerhalb jemanden gefunden hatte, der sich seiner erbarmte. Vollkommen schizophren. Einerseits werden die Statistiken auf Teufel komm raus poliert und andererseits die Betroffenen am Gängelband der Behörde gehalten. Und diese kontraproduktive Politik verschlingt Abermillionen von Steuermitteln, die an anderen Stellen, wo das Geld fehlt, nötig gebraucht würden. Wenn man sich von dem Zweiten Sozialgesetzbuch (SGB II) verabschiedete und die Arbeitsmarktpolitik in die richtigen Bahnen lenkte, ohne die Betroffenen zu drangsalieren und ihnen ihre Menschenwürde ließe, wäre man nicht gezwungen, Statistikkosmetik zu betreiben. Anzumerken ist allerdings, dass in den Jobcentern auch Bedienstete tätig sind, die eine wertvolle Arbeit leisten, doch halte ich deren Zahl für eine Minorität.

Für den Rest des Tages war die gebeutelte Mannschaft mit dem Beantworten der Fragebögen und selbst gestellten Fragen beschäftigt: Was heißt dieses? Was heißt jenes? Wie spät ist es? Darf ich austreten? Und natürlich jede Menge Zigarettenpausen, währenddessen die ersten Bruder- und Schwesternschaften gegründet wurden. Damen und Herren in der Regel separiert voneinander. Am nächsten Tag folgte das emotionale Coming-out wie dann allmorgendlich. Jeder Teilnehmer war gehalten, vor versammelter Runde ein Feedback abzugeben. Ob er gut geschlafen hätte und gut drauf wäre, wie ihm der gestrige Tag gefallen hätte, was für Wünsche er denn hätte und all dieser faule Zauber, mit dem man die Betroffenen bei der Stange zu halten sich bemühte. Im Übrigen ein beliebtes Instrument bei solchen Maßnahmen, die gewöhnlich von Psychologen begleitet werden, die dadurch die Teilnehmer zu motivieren und irgendwelche Spannungen aus der Gruppe zu nehmen versuchen. Was aber letztlich nur großer Affencircus ist, um Zeit herauszuschinden, denn auch für den Dozenten auf einer solchen Spielwiese der Ausgestoßenen kann der Tag sehr lang werden. Auf der Agenda stand nun der Ablaufplan der Beschäftigungstherapie. Auch jetzt wurde wieder alles durchdiskutiert, nachgefragt, der Donnerbalken aufgesucht, Kippenpausen gemacht.

Hervorzuheben sind die in den Fachkreisen der Desperados bekannten und berühmt berüchtigten Einzelberatungen, die nun an den Mann bzw. die Frau zu bringen waren. Schließlich galt es, der Behörde gegenüber zu begründen, womit man sein Geld verdiene. Bei der Einzelberatung wird der arme Teufel in ein Kabuff gezerrt, die Türe hinter ihm geschlossen und mit allen Künsten verbaler Macht solange auf ihn eingeredet, bis er schließlich ans Christkind glaubt, das heißt, dass er einen Arbeitsplatz fände. Mit anderen Worten, in diesem Tête-à-tête im Séparée baut der Dozent für den Geschundenen ein Luftschloss auf, das dieser dann befingern und beschnuppern soll. Wenn er dieses und jenes täte, aktiv in die Gestaltung seines trüben Fischens eingriffe, gelänge es ihm, sich von den Ketten seines schwarzen Daseins zu befreien. Letztendlich kämpften hier ein Quasi-Stellenloser und ein Langzeit-Stellenloser mit Windmühlen. Man kann die Einzelberatung auch mit der Therapiesitzung bei einem Seelenklempner vergleichen, wenn der seinem Ledercouch-Patienten durch Quatscherei auf die Sprünge zu helfen versucht nach dem Motto: je mehr Worte umso größer die Linderung für die heimgesuchte Seele bzw. die Heilungschance. Darüber hinaus empfahl man den Besuch beim Figaro, wobei denselben nicht jeder sich leisten konnte, anderen riet man, besseren Zwirn anzulegen, auch das war geldbeutelgegeben. Jeder war frei bei der Buchung solcher Einzelveranstaltungen. Die einen wie ich nahmen möglichst viel von dieser Droge, weil sie sich davon etwas versprachen, die anderen ließen die Finger davon, diese hatten bereits zu Genüge davon in anderen Maßnahmen gekostet.

Dann folgten die üblichen Gruppensitzungen mit Themen etwa, wie schreibe ich eine Bewerbung. Ironie des Spektakels war, dass die Riege der Trainer, wie ich vermute, einst selbst stellenlos war, bevor sie in den zweifelhaften Genuss kam, diesen Job zu machen. Das heißt, dass deren eigenen Bewerbungsschreiben in der Regel nichts bewirkt haben dürften. Und den Job am genannten Institut hatten sie wahrscheinlich über das Amt bekommen. Lehrer und Psychologen genießen beim Amt Ansehen, weil dort selbst viele arbeiten.

Anders formuliert, weshalb «Vermittlungsseminar für Akademiker», wenn außer Nachrichtentechnik für Akademiker es so gut wie keine Jobs gab? Denn das war in den 1980er in Westdeutschland und den 1990er Jahren im wiedervereinigten Gesamtdeutschland eine nicht zu leugnende Tatsache.[17] Es sei denn, man verfügte über Vitamin-B oder war Sprössling höherer Sphären. Mir bekannt war eine junge Studierte aus hohem Politikerhause, der trotz ihres unter normalen Umständen aussichtslosen Studienfaches Arbeitsangebote unaufgefordert zuflogen und das noch vor Abschluss ihrer Hochschulausbildung. Ein Kommilitone, ebenfalls aus hohem Politikerhause, kam mit seiner ansonsten ebenso chancenlosen Studiendisziplin direkt auf eine Planstelle, obgleich dieser obendrein ordentlich gebummelt hatte.

Dann kamen die in der Szene ebenfalls bekannten Intelligenztests dran, um der Schwächen und Stärken der Gestrandeten habhaft zu werden. Gemessen am Lernziel, das heißt aufgrund dessen eine für den Bewerber entsprechende Stelle zu finden, sinnlose Sisyphusarbeit. Doch tat sich hier abermals eine Mög-

---

[17] Selbst durch das sehr gute «Vitamin-B» zu dem Abteilungsleiter eines großen deutschen Verlagshauses gelang es mir nicht, 1999 in Arbeit zu kommen.

lichkeit auf, über den Teilnehmer Profildaten zu sammeln, um aus denselben nachher Argumentationsbarrikaden bauen zu können, wenn dessen berufliche Zukunft wieder einmal zur Disposition stand, das heißt über den Schreibtisch des Arbeitsvermittlers hinweg besprochen zu werden drohte. Letzteres gilt zumindest für die Jobcenter. Das klassische Arbeitsamt vor Hartz-4 dagegen war im Großen und Ganzen reiner Erholungsurlaub. Insofern sind die psychologischen Tests vor Hartz-4 mit Wohlwollen zu betrachten.

Wie dem auch sei, eingepfercht in einem Klassenzimmer und unter der Auflage, kein Wort miteinander zu wechseln und nu ja nicht den Raum zu verlassen, händigten sie uns ein weiteres Mal eine Flut von Papieren aus. Hier ein Kreuzchen, dort ein Kreuzchen. Zwei Häkchen hier, drei Häkchen dort. Dazu ein Sammelsurium von Grafiken aus dem Baukasten von Pythagoras. Alles mit Stoppuhr wie auf dem Sportplatz beim Hundertmeterlauf. Die Ergebnisse fanden Einlass in die Betroffenenakte fürs Amt. Man tat gut daran, irgendwo in der Mitte zu schwimmen. Nicht aufzufallen. Und wer überdurchschnittlich abschnitt, schürte gleich den Verdacht, mit charakterlichen Mängeln behaftet zu sein. Denn weshalb sollte ein Intelligenzbolzen keine Stelle finden? Das heißt, die Ursache seiner Arbeitslosigkeit suchte man in seiner Person.

In Laufe der Zeit fanden die sozialen Zusammenrottungen statt. Hier eine Clique, dort ein Zirkel. Auch wieder Alleinunterhalter. Und selbstverständlich Kameradenmobbing wie so oft bei solchen Maßnahmen. Am Anfang raucht man die Friedenspfeife und irgendwann werden die Kriegsbeile ausgegraben. Doch die destruktive Gruppendynamik, wie sie mir während meiner Qualifizierung an jener gewerkschaftsnahen Bildungseinrichtung begegnete, habe ich Gott sei Dank kein zweites Mal erleben müssen.

Kurz vor Beendigung des theoretischen Teils des Kursus, nachdem man uns hatte bunte Bildchen malen und Sonstiges basteln lassen, um uns arme Teufel bei Laune zu halten, kam «Tele-Training» an die Reihe, das heißt Simulation von Bewerbungsgesprächen vor laufender Videokamera. Rollenspiele: Einer mimte den Chef, der andere das Bewerberopfer. Zum ersten Mal sah sich manch einer im «Fernsehen wieder», sich ertappt, wie er in der Nase bohrt und so. Erst Mitschnitt seitens des Trainers, dann Abspulen des Filmchens auf Monitor vor versammelter Mannschaft. Anschließend Diskussionsrunde. Dieses Highlight war wirklich erfrischend. Viele Lachsalven und Applaus, Entertainment pur. Zum Schluss bekam jeder seinen Videomitschnitt in die Hand gedrückt, um sich den ganzen Circus zu Hause nochmals zu Gemüte führen zu können.

Nebenbei bemerkt, bekommt man bei solchen Maßnahmen stets etwas geschenkt, in der Regel sind es Bewerbungsmäppchen vom Discounter, die nichts kosten. Neuerdings Datensticker, auf denen Lebenslauf, Anschreiben und all dieser Käse gespeichert sind und mit denen man sich den Heimcomputer anschließend verseuchen darf. All das dient dazu, dem

Stigmatisierten den Kelch der Gnade zu reichen, damit er an die Auferstehung glaube.

«Tele-Training» und Kantine waren das Beste von allem, denn das Kantinenessen war nicht von schlechten Eltern. Und wenn die Sonne vom Himmel schien, nahm man seinen Lunch draußen im Atrium am Seerosenteich ein, wo die Goldfische sich tummelten.

Rückblickend muss man aber einräumen, dass das Institut als solches professionell ausgerichtet ist und gute Arbeit leistet, insbesondere was die deutsch-französischen Kulturbeziehungen anlangt, doch der theoretische Teil des Vermittlungsseminars zu wünschen übrig ließ, weshalb Gustav sich im Grabe herumdrehen würde.

Drei Monate waren ins Land gezogen. Arbeit gefunden hatte bis dato niemand. Und die Firmenchefs warteten bereits auf uns Praktikanten. Sechs Monate.

In die Kiste glotzen beim Schlagersängerneffen

Ich hatte die Auswahl: entweder als Quasi-Öffentlich-Bediensteter meiner Zunft bei einer renommierten Einrichtung in einer rheinischen Metropole, oder als Bildschirmdesign-Azubi mit Übernahmeversprechen bei einer Informationsagentur vor Ort. Zunächst stellte ich mich als Quasi-Öffentlich-Bediensteter vor. Der Chef war in Urlaub auf Balkonien. Im

Übrigen bei mir um die Ecke, ein Dorf weiter. Sein Mitarbeiter vertrat ihn. Von Doktor zu Doktor. Das Gespräch lief wider Erwartung gut. Es handelte sich um einen Museumsservice, der auf Führungen, Vorträge und sonstige museale Veranstaltungen spezialisiert ist. Schulklassen und kulturinteressierte Gruppen. Ich fragte, ob ich den Chef sprechen könne, denn ich wusste ja, dass er lediglich zuhause sich aufhielt und nicht irgendwo auf Mallorca im Liegestuhl lag. Der Chef wolle nicht gestört werden. Mir ging es darum, spätere Einstellungsmöglichkeiten auszuloten, da man mir bei der alternativen Praktikumsofferte die Möglichkeit der Übernahme eingeräumt hatte. Weil ich mein Anliegen mit dem Museumsservice nicht klären konnte, entschied ich mich für das Praktikum bei der Informationsagentur.

Einer ihrer beiden Geschäftsführer, heute Alleininhaber, ist im Übrigen der Neffe eines in den 1950er und 1960er Jahren angesagten deutschen Schlagersängers.

Acht Stunden am Tag in die Kiste glotzen bei herunter gezogenen Jalousien. Denn Bildschirmarbeit verlangt gedämpftes Licht, schließlich ist es im Kino auch dunkel, wenn der Film läuft. Also acht Stunden täglich eine Berufs-Software für Illustration sich reinziehen. Mit dieser Software lassen sich Bilder am Rechner gestalten. Das, was in der Steinzeit der Illustrator auf Papier zeichnete, das heißt «scribbelte», erledigt er nun am Computer, genauer gesagt am Apple-Macintosh, kurz Mac. Um alle Menüs dieses professionellen Programms («Freehand» seinerzeit) einmal bedient zu haben, bedarf es etwa eines halben Jahres. Um mit demselben routinemäßig zu jonglieren, etwa anderthalb Jahre. Informationsgrafiker arbeiten bevorzugt bei der Presse, wo sie beispielsweise unter Hinzunahme von Zahlendiagrammen Statistiken plastisch in Szene setzen. Etwa der statistische Überblick der Wohnungseinbrüche der letzten zehn Jahre in der Bundesrepublik. Das Zahlendiagramm ist dann mit einer Staffagefigur à la WALT DISNEY zu dekorieren: Einbrecher mit Schiebermütze, Diebessack samt Dietrich und Taschenlampe.

Schließlich schaffte ich mir das Programm drauf. Bedauerlicherweise musste ich zur Kenntnis nehmen, dass man mir die Rolle einer Aushilfe zuwies. Das wurde mir spätestens klar, als ein Nachrichtenredakteur ausfiel, den ich hätte ohne weiteres vertreten können. Man ließ mich aber nicht ans Ruder, delegierte keinerlei Verantwortung an mich, ließ mich kalt im Regen stehen. Der Schlagersängerneffe, der mit ganz anderen Aufgaben beschäftigt war als um den Einkauf von Nachrichten sich zu kümmern, erledigte nun auch noch diesen Job. Ich sank innerlich zusammen, brach auseinander wie ein zerbrochener Stuhl. Zwischendurch schickte mich der Firmenboss sein Frühstück holen, was mir den moralischen Rest gab. Gezankt hatte ich mich überdies mit einem Kollegen, nur weil ich seine mangelnde Haarpracht bewundert hatte, was diesem aber überhaupt nicht gefiel. Das ereignete sich auf einer gemeinsamen Straßenbahnfahrt. Die Kappe fiel ihm vom Kopfe, worauf ich bekundete: «A-a-a-a-a! Haarausfall!» Er wurde fuchsteufelswild. Ich nehme an, er fühlte sich gemobbt, was aber ganz und gar nicht von mir so gemeint war. Ein weiterer Kollege, der daneben stand, meinte darauf spontan, dass er mich liebe. Am nächsten Mittag dann verdrückte er Currywurst mit Fritten im Büro, was natürlich für mächtige Gerüche sorgte. Mir stieg es unangenehm in die Nase. Mit entsprechenden Kommentaren stürzte ich ans Fenster, öffnete und ließ Frischluft herein. Seit diesem Mittag hatte ich es mir mit ihm für immer verscherzt. Es bedarf hier nicht des großen Einmaleins, um sich den Rest der Geschichte auszumalen: Übernahme passé.

Doch der situativen Rettung wegen muss ich hinzufügen, dass, wie auch immer ich gehandelt hätte, in dieser Firma hätte niemals in den Sattel steigen können. Selbst wenn mich der Chef seinen Nachrichtenredakteur hätte vertreten lassen, wären die anderen Mitarbeiter darüber erbost gewesen, und zwar deswegen, dass irgendein daher gelaufener Praktikant gleich eine Führungsrolle übernähme. Nichtsdestoweniger war ich entsprechend qualifiziert: Public-Relation-Kraft in Berlin. Vielleicht schürte den Chef auch die Angst, überflügelt zu werden von mir. Vielleicht war diese Angst auch der Grund, weshalb er auf einer damals nicht mehr ganz aktuellen Softwareversion mich lernen ließ. Und die sozialen Scharmützel sind einerseits auf die Enge der Büroräume sowie andererseits auf die Ankunft eines eventuell neuen Mitarbeiters, dazu mit Doktortitel, zurückzuführen, was den Kollegenfrieden zu gefährden drohte. Man fühlte sich herausgefordert, die Bürohierarchie geriet ins Wanken. Schließlich war man froh, mich von hinten zu sehen. Fairerweise aber muss ich erwähnen, dass mir der Schlagersängerneffe ein gutes Zeugnis ausstellte und man sich nach Gentleman-Manier voneinander verabschiedete. Ich ließ mich nicht lumpen, ich gab einen großzügigen Ausstand.

Verlagsagent — Ohne Zwirn und Lack

Die Handelskammer, bei der ich nach einem «Existenzgründungsseminar für Arbeitslose» vorstellig wurde, vermittelte mich an einen seinerzeit jungen Verlagsgründer mit dem Angebot, einen seiner Sortimentszweige auszubauen. Es handelte sich um eine wissenschaftliche Buchreihe zur Kunstgeschichte, vorwiegend Doktorarbeiten für Selbstzahler. Der von mir auserkorene Zulieferer solcher Schriften, ehemals Mitglied eines bergischen Heimatvereins, erwies sich als nicht statthaft. Er hatte sich mit seinem Verein, deren Mitglieder die begehrten Schriften anfertigten, überworfen, auf gut Deutsch verkracht. Zugesprochen hatte er mir diese Studie, jene Studie. Ein Flopp. Zur gleichen Zeit war ich Teilnehmer einer kunsthistorischen Forschungsgruppe mit Schwerpunkt Kölnische Romanik. Regelmäßig besuchten wir entsprechende Sehenswürdigkeiten. Hier wurden Doktorarbeiten gepinnt. Ich bemühte mich, dieselben an Land zu ziehen. Schließlich müssen Dissertationen mit einer nicht unbeträchtlichen Pflichtmindestauflage gedruckt werden, unter anderem um die Hochschulbibliotheken zu befriedigen. Wer im Übrigen nicht druckt, muss in der Regel auf seinen Doktortitel verzichten. Damals ein teurer Spaß. Mit Eifer quatschte ich auf meine vermeintliche Klientel ein. Vergeblich. Es mangelte mir an Überzeugungskraft. Ich verfügte nicht über die Blendamed-Optik des klassischen Vertreters. Lange Perücke mit Schiebedach. Dazu eine Visage, in der annähernd zehn Jahre Stellenlosigkeit ihre Spuren hinterlassen hatten. Obendrein schlampige Garderobe vom Discounter, abgetretenes Schuhwerk, das, obgleich in die Jahre gekommen, noch nie eine Schusterwerkstatt von innen gesehen hatte. Brandsohlenlöcher wie bei dem damals an allen Litfaßsäulen klebenden und Kamel-Zigaretten qualmenden Abenteurer gleichnamiger Safari. Irgendwann, als unsere Forschungsgruppe in irgendeinem Klosterkreuzgang wieder einmal zusammenfand, um einem akademischen Paradevortrag ihre Aufmerksamkeit zu zollen, realisierte ich mit Schrecken, wie nebenan ein paar gewiefte Jungs einen Tapeziertisch aufbauten. Sie präsentierten ihre kunsthistorischen Verlagsprodukte. Die Konkurrenz: Anzug mit Kulturstrick, gewienerte Lackschuhe. Mein Luftschloss brannte wieder lichterloh. Verlagsagent Pustekuchen. Ich warf das Handtuch.

Verbleibt zu berichten, dass die kunsthistorische Forschungsgruppe eines Tages mein Fachgebiet fokussierte, meine Publikation aber gar nicht zur Kenntnis nahm. Mit Bedauern musste ich registrieren, dass die entsprechende Literaturliste jedes einschlägige Buch verzeichnete, nur meines nicht. Und seinerzeit waren meine wissenschaftlichen Ausführungen sozusagen der letzte Schrei, das heißt hochaktuell. Ein weiteres Mal versammelte man sich, drosch kluge Worte und fuhr heim. Doch in wissenschaftlicher Hinsicht nicht beachtet zu werden, hatte in mir einen Pranger geschaffen, an den ich ein Opfer nun zu stellen begehrte. Ich schwang den Hörer und interviewte den Boss der Forschergruppe. Ich ließ ihn wissen, dass die Nichtbeachtung meiner wissenschaftlichen Ausführungen mir Magenprobleme bereitete. Im Übrigen: fachlich unverzeihlich und höchst blamabel. Ich hätte dies vor Ort monieren müssen, wobei er nicht Unrecht hatte. Doch empfand ich dies als unter meiner akademischen Würde. Es wurde noch ein wenig nachgekartet, bis wir schließlich das Telefonat beendeten. Danach folgte keine Einladung mehr. Man hatte mich aus dem Verteiler entfernt.

Der Deutsche und seine Überqualifikation

Monate und Jahre zogen ins Land. Ich wurde älter und älter und damit kleiner und kleiner die Chance, einen Job zu finden. Hatte ich nicht alles getan, was man tun kann, um eine Stelle zu finden? War ich etwa überqualifiziert? Magister Artium,

Promotion, Business Administration, Fotodesign, Informationsgrafik, drei Jahre Berufserfahrung und gute Zeugnisse.

Nein, Überqualifikation gibt es nicht, außer in den Köpfen deutscher Arbeitgeber. Es ist in etwa so, dass wenn man einen Fußballspieler suchte, und zwei Sportler bewürben sich, von denen einer zusätzlich Tennis spielte, man sich für den entschiede, der ausschließlich Fußball spielte, obgleich der Tennis spielende Fußballspieler den Job ebenso gut machen könnte. Insofern gibt es keine Überqualifikation, aber eine Profilneurose im deutschen Arbeitgebergehirn. Es scheint, als ängstigte man sich vor Arbeitnehmern mit nicht erforderlichen Zusatzkompetenzen.

Eine junge Ärztin, mit der ich während einer Bahnfahrt in Kontakt kam, schilderte mir das Schicksal ihres Mannes, dass er keine Arbeit fände, obwohl er Jurist sei. Ich erwiderte, er möge eine Kanzlei eröffnen, worauf sie meinte, dass er dafür den unternehmerischen Schneid vermissen ließe. Als angestellter Jurist fände er in Deutschland keine Arbeit, und in anderen Branchen auf unterer Ebene würde man ihn erst gar nicht nehmen. Wohingegen, als sie in London gelebt hätten, er dort als Sachbearbeiter hätte arbeiten können. In England gäbe es den Begriff der Überqualifikation so wie in Deutschland nicht. Hauptsache, man mache seine Arbeit gut, ähnlich in Amerika. Ich kann nur das wiedergeben, was mir diese junge Ärztin mitteilte. Wie es tatsächlich mit Überqualifikation in Großbritannien oder auch in den USA beschaffen ist, vermag ich nicht zu beurteilen. Doch soviel ließ mich ein Freund aus New York wissen, dass die US-Amerikaner, zumindest bezogen auf die Arbeitswelt dort, wesentlich flexibler seien als die deutschen Firmenchefs.

Der deutsche Arbeitgeber ist neurotisch. Wie viele Luschen sitzen in irgendwelchen Chefsesseln, nur weil sie die deutschen Bewerberkriterien erfüllen? Wie viele hochmotivierte kompetente Köpfe stehen vor der Tür, nur weil sie gegen das arbeitgeberdeutsche Erwartungsbild verstoßen? Dazu zählt nicht alleine die viel zitierte vermeintliche Überqualifikation.

Dabei behaupten Experten, die beste Versicherung gegen Erwerbslosigkeit sei Qualifizierung. Nicht nur in meinem Falle eine Lüge. Wer redet von Akademikerarbeitslosigkeit? Wer redet von stellenlosen Habilitierten? Niemand. Und demgemäß gibt es sie auch nicht, zumindest in den Köpfen der deutschen Bevölkerung nicht. Was in den Medien nicht expliziert wird, existiert auch nicht.

Die Schilderung der seelischen Achterbahnfahrt, die ich nach dem Praktikum durchzumachen gezwungen war, erspare ich dem Leser. Nur so viel sei gesagt: Durchzechte Nächte, Campingurlaube im Vollrausch, kaputte Frauen, falsche Freunde und zerbrochene Träume. Kurzum ein Kaleidoskop BUKOWSKISCHER Alpträume.

Fleischwolf, Butterfass und Heiland

Da flatterte ein weiterer Vermittlungsvorschlag vom Amt ins Haus: «Kunsthistoriker gesucht zur Entwicklung eines Provinzmuseums» oder so ähnlich. Beschaffungsmaßnahme. Ein Jahr. Verlängerbar. Irgendwo draußen im Grünen. Ich mietete eine schreiend rote Limousine und düste zum Vorstellungsgespräch. Es war irgendwann unter der Woche an einem sonnenverwöhnten Vormittag im Hochsommer. Treffpunkt war ein runtergekommenes Fachwerkhaus.
Irgendwo im Wald parkte ich den Flitzer und begab mich eilenden Schrittes zu der Bauernhütte, während in den Zweigen der Bäume die Sonne sich brach. Der Kommunediener war weit und breit nicht zu sehen, dafür aber ein zweiter Bewerber. Konkurrent. Wir begrüßten einander nicht, schließlich waren wir Konkurrenten und kämpften um die gleiche Banane. Ein Fehler, denn wir saßen im gleichen Boot. Der Spießgeselle sah genauso wenig Vertrauen erweckend aus wie ich selbst. Jeder, der uns dort hätte warten gesehen, an einem Sommervormittag, irgendwo in der Walachei, aufgebaut vor der halben Ruine von einem Fachwerk, hätte annehmen mögen, ein Mantel- und Degenfilm würde gedreht. Der andere Spezi, ich vermute, ein vor Ort ansässiger Freak, Mittdreißiger, stellenloser Archäologe oder Volkskundler. Ausgebeulte Jeans vom Textildiscounter, ausgetretene Turnschuhe, schweißnasses T-Shirt. Bartstoppeln. Sein Jesushaar mit Einweckgummi im Na-

cken zusammengezwirbelt und ein Gesicht, in dem seine Geschichte geschrieben stand: meines Erachtens seit mindestens einer Dekade ohne Job, Berufszecher und FRANÇOIS-VILLON-Leser. Ich selbst spielte FRANCIS DRAKE. Hatte in der Hoffnung, wenigstens ein Jahr lang arbeiten zu dürfen, die ganze unerträglich heiße Sommernacht nicht schlafen können, Wein gebechert und abgeschwitzt wie ein Schwein. Angezogen hatte ich mir den extravaganten Dandy-Smoking meines nur wenige Monate zuvor verstorbenen Erzeugers, der, nebenbei bemerkt, ein großer verhinderter Schauspieler vom Kaliber eines MARLON BRANDO gewesen war. Schlaghose à la 60er. Pechschwarzes Hemd, bis zum Nabel aufgeknöpft. Ich kam um vor Hitze. Meine Perücke trug ich offen, das heißt zu beiden Seiten meines blanken Daches baumelten die noch wenigen Strippen von Haar, die der Herrgott mir gelassen hatte, um nicht aussehen zu müssen wie KOJAK. Augenringe so tief wie der Grand Canyon und ein Blick wie der transsilvanische Graf persönlich. Da erschien der Boss. Das Übliche: Bügelfaltenhose, kurzärmliges Hemd mit Kulturstrick und irgendwelche halboffenen konservativen Sommertreter mit Gummibereifung. Meiner Meinung nach: Steifheit in Person. Kaum hatte er meinen Freibeuterauftritt zur Kenntnis genommen, als er auch schon wie ein Affe im Käfig die Nase zu rümpfen begann, was unmissverständlich hieß, dass der Fall für mich gelaufen sei. Man hatte es uns in den Bewerbertrainings bis zum Erbrechen gepredigt, ob man den Job bekäme oder nicht, entschieden die ersten drei

Sekunden. Quod erat demonstrandum. Was jetzt folgte, war nichts anderes als das Herunterspulen eines Films, den man im Prinzip bereits kannte. Der Scheunenkurator schlüsselte das, woraus später ein Museum werden sollte, auf und kletterte mit uns beiden Muppetfiguren eine Leiter hoch auf einen Dachboden, wo das Bild eines Sammelsuriums häuslich bäuerlicher Altertümchen sich uns bot. Man hätte annehmen dürfen, ein Messie hätte hier vor hundert Jahren seine Handschrift hinterlassen: Steinguttöpfe bis zum Abwinken, Butterfässer, ein ungeordnetes Meer an Fleischwölfen, Dreschflegel, vergoldete Stuckbilderrahmen mit dem Heiland im Schoße Mariens oder direkt ans Kreuz genagelt und so fort. Die Aufgabe hätte darin bestanden, den ganzen Hokuspokus zu sortieren, schriftlich aufzulisten und die Hütte anschließend durchzufegen. Ich frage mich bloß, weshalb benötigte man einen Studierten für einen Job, den jede Putzfrau hätte bewältigen können?

Ähnliches widerfuhr mir bei einem Kölner Auktionshaus, wo ich mich initiativ bewarb. Es ging lediglich um die Katalogisierung von Kunstwerken, wie ich erfuhr, doch müsse ich nachweisliche Erfahrung im Inventarisieren mitbringen. Affentheater. Ich habe nicht über SIGMAR POLKE oder GERHARD RICHTER, sondern über das Mittelalter promoviert. Quellenrecherche, Handschriften, Urkunden, historische Datenanalyse en détail und das von der Pike auf. Dagegen ist Inventarisation ein Kinderspiel. Doch müsse man darin ausgebildet sein, ein wenigstens einjähriges Volontariat dies betreffend vorweisen, um den Job machen zu können. Wie man in Deutschland für alles irgendein Zeugnis oder, wie es neuerdings heißt, ein Zertifikat oder eine Urkunde oder sonst irgendein Stück abgestempeltes Klopapier braucht, um irgendetwas bewältigen zu dürfen. Der Deutsche möge an seiner Papiergläubigkeit ersticken. Wie viele Lachnummern und Dilettanten sitzen an irgendwelchen Schalthebeln in Politik und Wirtschaft, nur weil sie über die vermeintlich notwendigen Papiere verfügen. Alles muss zertifiziert, etikettiert und ausgezeichnet sein, um einen Wert zu erkennen. Von Papieren halte ich nicht viel. Ich schaue mir den Menschen an. Ich schaue in die Praxis. Ob jemand Professor, Doktor oder König ist, interessiert mich nicht. Ich schaue mir seinen Charakter an.

Es folgte noch ein kurzes Geplänkel in Anwesenheit des Bürgermeisters, der noch ein paar Späße über die Fleischwölfe zum Besten gab, und schickte mich dann nach Hause: schlussendlich. Ich gehe davon aus, FRANÇOIS VILLON hat den Job bekommen, obgleich ich fachlich die allerbesten Karten hatte. Denn kurz zuvor hatte ich an der wissenschaftlichen Studie über ein Baudenkmal in nächster Nachbarschaft mitgewirkt.

Mit fast allen Amtshirschen, denen ich im öffentlichen Dienst unterstellt gewesen wäre, bin ich niemals warm geworden. Die Chemie stimmte einfach nicht. Auf der einen Seite der Abenteurer, auf der anderen der neurotische Spießer. Ich denke nur an das Bewerberinterview bei irgendeiner Schuldnerberatung. Der Chef, tot wie ein Stein, ohne Fleisch und Blut, ohne ein Lächeln auf den Lippen: Zombie. Auch dieses Mal hatte ich gute Qualifikationskarten. Ich verfüge über eine kaufmännische Ausbildung, was diesem Zombie aber nicht beizubringen war. In seinen Augen, vermute ich, war ich ausschließlich Kunsthistoriker, der bei einer Schuldnerberatung nichts zu suchen hätte, der an den Musentempel gehöre. Nach dem Motto: Der bewirbt sich hier, nur weil er woanders nichts findet. Schubladendenken par excellence. Und selbst wenn dies so gewesen wäre, was hätte daran so schlimm sein sollen? Schließlich begann HORST TAPPERTS Schauspielkarriere dort, wo er sich bloß als Bürohengst vorgestellt hatte.

Das Ende vom Lied war, dass ich bei der Autovermietung kräftig nachzahlen musste. Nach dem Fleischwolftheater hatte ich noch einen kurvenreichen Abstecher in den Westerwald gemacht, eine kleine aber kostspielige Spritztour.

Eine berühmte Madonna und ein Musenchef

Wenn ich auf dem ersten Arbeitsmarkt und selbst in von fremden Händen eingefädelten ABM eine Persona non grata war, zog ich es in Kalkül, mir selbst eine Maßnahme wieder zu zimmern. Ich wusste, dass man auf dem Abteiberg einer Kreisstadt die Skulptur einer Madonna aufgefunden hatte, die bis heute ungelöste Rätsel aufgibt. Diese Skulptur hatte ich in meiner Dissertation bereits ansatzweise bearbeitet, so dass mir dieselbe seit langem bekannt war. So kam mir der Gedanke, über diese Sagen umwobene Madonna zu forschen, und mir das Stipendiatengeld dafür erneut vom Amt zu holen. Das Kloster oben auf dem Berg spielte mit, das Arbeitsamt spielte mit. Mittlerweile hatte ich einen entsprechenden Antrag mit allem Pipapo für die Behörde fertig gemacht. Was noch fehlte, war der Eigenanteil des mittellosen Klostervereins, meines potenziellen Arbeitgebers, den ich mir von der städtischen Sparkassenstiftung vor Ort versprach. Vorsitzender des «Fachbeirats Kultur der Sparkassenstiftung» war in Personalunion der Direktor des örtlichen Stadtmuseums. So kam es, dass ein Klosterbruder in Schwarz, ich selbst und der Musenchef einen Termin verabredeten, um das Projekt zu besprechen. Ich habe die präzisen Zahlen nicht mehr im Kopf, nur dessen kann ich mich noch entsinnen: Ich hatte eine BAT-4 Stelle für mich vorgesehen, zunächst für ein Jahr, ausdehnbar auf zwei bis maximal drei Jahre. Ein zu begehrender Zuschuss in Höhe von 25% des Bruttogehalts für wenigstens das erste Jahr stand zur Debatte: Etwa 15.000 DM, für die Stiftung meines Erachtens wenig mehr als ein Portokassenbetrag. Nachdem wir ein paar Worte miteinander gewechselt hatten, erkundigte sich der Musenchef mit einem Male nach meinem Alter. Ich ließ ihn wissen, ich zählte 39 Lenze, worauf er nur verächtlich meinte: «Da machen Sie noch einen auf ABM?» Das war´s. Damit war einem wunderbaren Kulturprojekt der Wind aus den Segeln genommen. Dass es sich bei diesem Forschungsvorhaben um eine AB-Maßnahme handelte, das heißt um eine aus Steuermitteln subventionierte Stelle auf Zeit, entbehrt jeglicher Relevanz. Schließlich lebte der Musenchef ja selbst vom Steuergroschen. Im Gegenteil, die Steuergroschen, die mir auf diesem Wege zugeflossen wären, hätten eine Investition in das Image der besagten Kreisstadt bedeutet, mit allen den daraus resultierenden wirtschaftlichen Synergie-Effekten, da die fokussierte Skulptur weit über die Kreisstadt hinaus bekannt ist.

Insofern ist auch der mit einer damaligen Beschaffungsmaßnahme in Zusammenhang gebrachte Begriff des «Zweiten Arbeitsmarktes» irreführend, da er das regionalwirtschaftliche Potenzial verschleiert, das viele ABM unterfütterte, indem der Begriff vorgab, ein Almosenbeschäftigungsmarkt zu sein.

Ich selbst hätte aller Wahrscheinlichkeit schlussendlich beruflich Fuß fassen können, während ich Dienst im Sinne von Allgemeinwohl und städtischer Prosperität gemacht hätte, denn die Klosterbruderschaft stand mir und dem eingefädelten Modellprojekt sehr aufgeschlossen gegenüber. Wieder Pustekuchen. Ich gab mich damit, das heißt mit dem vorläufigen Scheitern des Projekts, zufrieden, weil ich damals nicht das Selbstbewusstsein hatte, um an das Stiftungsgeld auch ohne Mitwirken des Musenchefs heranzukommen. Ich hätte mich schlicht und ergreifend an die Stiftung selbst wenden müssen. So ließ ich zu, dass man mich abfertigte wie einen begossenen

Pudel und deprimiert wieder heimfuhr. Unternehmerqualitäten waren angesagt, die ich bis dahin aber nicht besaß.

Was einen Unternehmer ausmacht, sind nicht große Schnauze und dicke Zigarre, sondern Standhaftigkeit und Rückgrat. Keine Sentimentalitäten. Kein Mitleid weder mit sich noch den anderen, weil es um die Sache, ums Geschäft geht.

In jenem Falle war ich nicht mein eigener Unternehmer gewesen. Ich war eingeschüchtert von meiner Arbeitslosigkeit, die mir nicht nur dieser Musenchef vorgehalten hatte, sondern die man mir jedesmal vorhält, sobald irgendwer davon erfährt, gleichgültig welchen Lagers. Ich nenne das sozialen Darwinismus. Ich war stigmatisiert, weil ich mich stigmatisieren ließ. Ich war Krüppel, weil ich in dem Rollstuhl, den man mir bot, Platz nahm. Ich war Sklave, weil ich die Kette, die man mir reichte, anlegte.

Stalking und Ingenieure

Hartz-4 war noch nicht in Kraft. Bis dahin hatte ich bereits gut 10 Jahre Arbeitslosenhilfe kassiert. Der Dequalifikationsrutsche wegen, weil man nicht mehr das leisten könne, was im Job aktuell gefordert würde, da man zulange draußen wäre, wurde meine Hilfe von Jahr zu Jahr sukzessive weniger. Auf der anderen Seite stiegen sukzessive die Lebenshaltungskosten. Miete, Heizung, Strom, Versicherungen, Lebensmittel. Das heißt, dass ich spätestens jetzt auf den Hund gekommen war, zum Prekariat gehörte. Mieterhöhungen focht ich gerichtlich an, bestehende Versicherungen kamen auf den Prüfstand, eingekauft wurde möglichst preiswert: Industriebrot, Margarine, Nudeln, Kartoffeln. Als Belohnung einmal die Woche eine Bratwurst. Eintöpfe, Billigbier und Kopfschmerzenfusel. Meine Klamotten kaufte ich bei der Nummer Eins aller Textildiscounterketten. Bestialische Luft, abgebranntes Publikum, Goldkettchenfraktion, Jogginghosen, Gummibereifung. Wochenenden: ohne Moos nichts los.

An eine Freundin war nicht zu denken, Freundinnen kosten. Und als Mann ohne Kohle ist man kein Mann, sondern maskuline Leiche. Minimum sind Eigentumsbude, VW-Golf und 60.000 € per anno. Frauen wollen kutschiert und ausgehalten werden. Nicht Fleiß und Strebsamkeit. Nicht «Gemeinsam packen wir es an». Nicht «Gemeinsam sind wir stark». Nein, Ansprüche. Der Mann hat für ein gemachtes Nest zu sorgen. Und das nach fast 40 Jahren «Emma». Einfach jämmerlich. Und dann über die Sugar Daddys zu Felde ziehen, die sich auf Phuket vergnügen. Prostitution ist beides.

Eine Alternative wäre der Job des Callboys gewesen. So verfügte ich damals noch, wenn ich unter Bezwingung meiner ungestümen Perücke mich herausprügelte, über die dafür erforderliche Optik, aber nicht die Nerven. Abgehalfterte Schabracken zu bedienen, meine Stoßstange in schlaffes Fleisch hineinzumanövrieren. Nein danke! Womöglich hätte die eine oder andere sich mir noch an den Hals geworfen, mich verfolgt, um Liebe gebettelt. Um Himmels willen! Das war keine Option für mich!

Ich war bereits zu Genüge angewidert von den beiden Stalkerinnen im Hause. Die erste, eine ultrakaputte alleinstehende Alkoholikerin und Kettenraucherin älteren Semesters, die gar im Hochsommer mit langem Mantel über das Trottoir kroch. Sie wollte Sex, was ich ihr logischerweise verweigerte. Darauf malträtierte sie mich solange bis sie aufgrund höherer Gewalt auszuziehen gezwungen war. Sie schrieb mir einen grässlichen Brief, in dem sie sich über mein vermeintlich flegelhaftes Benehmen beklagte, den sie dann Verwaltung und Hausmeister zukommen ließ. Warf regelmäßig Türen und Fenster, dass die Stube bebte. Schmiss irgendwelches Mobiliar gegen die Wände. Einmal hatte sie einen Zimmerbrand entfacht. Ich vermute, im Bett geraucht. Aus dem sperrangelweit geöffneten Schlafzimmerfenster quoll der Rauch wie aus einem Fabrikschornstein. Kaum hatte sie ihre Koffer gepackt, da ließ die zweite Stalkerin nicht lange auf sich warten. Sie zog über mir ein. Alleinstehende Rentnerin, totenunglücklich, hintenherum. Nach oben buckeln. Nach unten treten. Zweimal die Woche tauchte sie vor meiner Wohnungstür auf und wollte irgendwas. Verfolgte mich auf Schritt und Tritt. Suchte ich meine Kellerbox auf, stieg sie auch in den Keller. Holte ich die Post aus dem Briefkasten, lief sie auch zum Briefkasten. Verließ ich das Haus, verließ sie auch das Haus. Ging ich einkaufen, ging sie auch einkaufen. Doch registrierte ich ihre negative Intimität, wie das Strafrecht tituliert, erst mit der Zeit. Denn Stalker verfolgen das schlussendliche Ziel, mit ihrem Opfer intim zu werden. Was mir bis dato widerfuhr, war lediglich ein unangenehmes Gefühl, jedes Mal wenn sie mir über den Weg lief. Einmal im Supermarkt um die Ecke, als ich am Band stand und bezahlte, wartete sie bereits auf mich. Sie lehnte mit dem Rücken wortlos zur Wand wie ein Vampir und stierte mich pausenlos an, als sei ich ihr persönlicher Guru. Sie hatte im Vorraum, wo die Einkaufswagen für gewöhnlich sind, sich aufgebaut, um mich besser ins Visier nehmen zu können. Eine Szene wie aus HITCHCOCKS «Psycho». Das gleiche brachte sie dann irgendwann im Hausflur, wo sie sich aufstellte wie ein stummer Zinnsoldat und mich abermals anstarrte. Die ersten zehn Jahre, wenn das Wetter es zuließ, hielt sie sich rund um die Uhr auf ihrem Balkon auf, wogegen nichts einzuwenden ist. Doch galt ihr dortiger Aufenthalt der Kontrolle ihrer Nachbarn. Oberes Stockwerk. Gutes Panorama. Auch sie rauchte wie ein Schlot. Vor allem im Sommer, wenn ich meine Balkontür offen hielt der Hitze wegen, war es unvermeidlich zu hören, wie sie unentwegt sich ihrer Lunge zu entledigen suchte. Hustenerbrechen als wenn eine tote Kröte in ihrem Halse steckte, von der sie sich zu befreien bemühte. Akustische Reviermarkierung. Akustisches Imponiergehabe. Spätabends, wenn es finster war und ich nach Hause zurückkehrte, wartete sie auf mich, mit glühender Zigarette über die Balkonbrüstung gebeugt. Mehrmals hatte ich in Erwägung gezogen, Anzeige bei der Polizei zu erstatten, doch ist die rechtliche Situation in der Bundesrepublik so, dass negative Intimität in der Regel an physische Gewalt gekoppelt sein muss, bevor man gegen Stalking erfolgversprechend zur Wehr sich setzen kann. Zusätzlich ist ein Attackenprotokoll zu fertigen, eine terminliche Auflistung der Nachstellungen. Doch selbst die bloße psychische Komponente von Stalking kann für das Opfer schwerwiegende traumatische Folgen haben, weshalb alleine das, was mir diese «humanitäre Katastrophe» bis dato angetan hatte, Grund genug sein sollte, dass die Justiz aktiv werde. Soviel ich weiß, wird dahingehend über eine Gesetzes-Novellierung nachgedacht.

Auch das sind die asozialen Auswüchse eines Arbeitslosenlebens, denn Single zu sein und obendrein keinen Regelalltag nach außen zu signalisieren, gibt der Nachbarschaft Anlass zu Spekulation und Mobbing.

Viele unglückliche Geister instrumentalisieren ihre Mitmenschen, indem sie Macht über sie auszuüben versuchen. Sie sind auf der Suche nach Opfern, um dieselben zu vergiften mit ihrer Verzweiflung, um sie hinabzuführen in das dunkle Verlies ihrer Ausweglosigkeit. Und je größer die Macht ist, die sie über einen ihrer Mitmenschen haben, desto befreiter empfinden sie. Daher sollte jedes potenzielle Stalking-Opfer auf die Psycho-Spiele eines Stalkers nach Möglichkeit sich nicht einlassen. Jede noch so kleinste Reaktion fasst der Stalker als positive Erwiderung seines negativen Begehrens auf und potenziert daraufhin seinen kranken Jagdinstinkt.

Der anonyme Stalker sucht bevorzugt schwache Menschen, zu denen auch viele derjenigen ohne Arbeit zu rechnen sind. Thema für eine sozialpsychologische Untersuchung mit dem Titel «Arbeitslosigkeit und Stalking unter besonderer Berücksichtigung der Opferperspektive».

Irgendwann im Sommer. Mehrmonatiges Managementtraining für Führungskräfte bei einer Sowieso-Gesellschaft. Hard Skills und Soft Skills. Rechnen und Psychologie.

Mit ausgestülpten Hosentaschen, schlampigen Klamotten und Halbglatze, fand ich mich morgens gegen 8.00 Uhr im Schulungsraum der Sowieso-Gesellschaft ein. Etwas mehr als dreißig Unglückliche. Bis auf eine Handvoll Frauen, ausschließlich Männer. Letztere größtenteils Ingenieure. Sieh mal einer an! Zur gleichen Zeit suchte die Republik Hände ringend Ingenieure. Die Medien quollen über vor Hilferufen nach den so begehrten Fachkräften. Ingenieure, wo seid ihr? Der jüngste war 40 Jahre. Da haben wir es schon! Trau keinem über 40, er könnte Ingenieur sein! Zu alt, will keiner haben. Darüber hinaus in Talkshows und TV-Runden Firmenbosse sich für das Alter stark machten. Alter stünde für Erfahrung, Reife und Besonnenheit. Solche Arbeitnehmer suche man dringend. Pustekuchen! Was Politiker und Experten in den Medien für gewöhnlich von sich geben, entspricht oft dem Gegenteil dessen, wie es tatsächlich ist. Alles Propaganda und Rattenfänger-Musik. Mögen doch die Unternehmensbosse dazu stehen: Frischfleisch kostet nicht viel, pariert auf Kommando und putzt dem Chef die Schuhe. Ich selbst wohne unweit mehrerer Mobilfunkgesellschaften und sehe die Angestellten allmorgendlich im Gänsemarsch zu ihren Büros tippeln. Alle unter 40. Darüber hinaus ausnahmslos ohne Haarmangel, womit wir wieder bei der Trumpfkarte Optik wären. Noch immer wird die Jugend abgefeiert in der Republik. Und an dieses ganze Papperlapapp über die Vorzüge des Alters glauben doch nur die Alten selbst! Auf der anderen Seite sind Ingenieure aus Nicht-EU-Staaten preiswert und deren Ausbildung kostet dem deutschen Staat keinen Cent.

Zurück zur Sowieso-Gesellschaft. Neben dem üblichen Recherchieren und Jonglieren betriebswirtschaftlicher Kennzahlen standen Mitarbeiterführung und Kommunikationspsychologie auf dem Programm. Dieses Modul leitete ein stellenloser Physiker mit Healing-Kompetenzen. Aus irgendwelchen Gründen hatte er seine frühere Anstellung quittiert und trieb sich ab dato als Dozent in irgendwelchen vom Arbeitsamt geförderten Bildungsmaßnahmen herum, wo er den Gebeutelten Sonnenschein beizubringen versuchte. Keine Hose am Hintern und falls eine Hose, dann eine solche von besagter Kaufhauskette mit dem mäßigen Ruf. Zum Dienst erschien er mit einem alten klapprigen Drahtesel. Eines Tages kam es dann zur systemischen Aufstellung. Bis dahin hatte ich bereits jede Menge

Maßnahmen mitgemacht, dachte, alles bereits zu kennen. Fehlanzeige! Systemische Aufstellung. Das war selbst für einen hartgesottenen Maßnahmekönig wie mich Neuland. Rollenspiele: Einzelpersonen wurden herausgepickt und dann wie Schachfiguren irgendwo aufgestellt im Raum. Dazu wurde irgendwelches Freudsche Stroh gedroschen. Dem einen wäre seine Mutter im Weg, dem anderen er selbst. Letztlich gut gemeint, mit Engagement eingebracht und mit Ideal verfochten. Aber fragt man sich, ob das Antworten auf die Fragen von Betroffenen sind, die auf 20 bis 30 Berufsjahre zurückblicken, und nun für den Rest ihres Lebens aller Wahrscheinlichkeit nach keine Stelle mehr finden würden? Was dazu führte, dass ein Teilnehmer sich sondergleichen verarscht fühlte und unseren Kommunikations-Psychologen regelmäßig aufs Korn nahm. Er möge es doch als Schausteller auf der Kirmes versuchen. Die Attacken des frustrierten Schülers wurden nachher so heftig, dass der Kommunikations-Experte die Geschäftsleitung bat, denselben aus der Maßnahme zu entfernen, mit anderen Worten dem Arbeitsamt Meldung zu machen, dass der Schüler nicht tragfähig sei. Natürlich konnte der Chef auf diese Bitte nicht eingehen, da der Revoluzzer wie jeder andere Teilnehmer gutes Geld brachte.

Der Geschäftsführer selbst war von Hause aus Ökonom und unterrichtete das genannte Rechnen. Zwar war ich Maßnahme-König, aber ein Institutsleiter, der so sehr um das Wohl seiner Schäfchen bemüht ist, so sehr darum bemüht ist, dass seine Schäfchen einen Arbeitsplatz wieder fänden, war mir bis dahin nicht untergekommen. Und es musste kommen wie es kommen musste: Er konnte seinen Laden dicht machen. Was war passiert? Ein weiterer Teilnehmer, ich glaube Rechtsverdreher und wider alle Regel von privilegierter Abkunft, kam zu dem Schlusse, dass der Geschäftsführer von betriebswirtschaftlicher Materie keinen blassen Schimmer hätte und schwärzte ihn beim Arbeitsamt an. Kurze Zeit später wurden die Büromöbel ausgeräumt. Der Ehrliche ist der Dumme.

Unser systemischer Aufstellungsfachmann hingegen hat schließlich eine Stelle als Lehrer finden können und lebt seitdem glücklich in einer der schönsten Metropolen am Rhein.

Call Center und ein Käfig voller Narren

Kleinere Scharmützel mit dem Amt, denn obgleich das Zweite Sozialgesetzbuch (SGB II) noch nicht geschrieben war, wurde für einen Langzeitarbeitslosen dort, wo man einst die soziale Hängematte mir bereitet hatte, der Wind rauer. Ich sei ein hoffnungsloser Fall, für mein Fallobst interessiere sich kein Arbeitgeber. Und überhaupt könne man nicht verstehen, weshalb man so eine Lusche wie mich zum Managementtraining zugelassen, wo es doch so viele Bewerber gegeben hätte. Letzteres bewog mich, schriftliche Beschwerde einzureichen, was außer einem Trostschreiben der nächsthöheren Dienststelle rein gar nichts bewirkte. Mein Schreiben war einfach zu lasch gewesen und ich noch nicht hart gekocht. Ausschließlich mit Argumenten der Juristerei ist solch sozialem Schindluder beizukommen. Stellungnahme einfordern, Einschreiben mit Rückschein, hartnäckig bleiben, um den Fisch an die Angel zu bekommen. Mit Konsequenzen drohen.

Schließlich vermittelte man mich ans Callcenter. Am Telefon Handys verscheuern. Man verfügte über einen immensen Pool an Telefonnummern. «Firma Sowieso. Guten Tag Herr oder Frau Sowieso. Wir haben Ihnen ein attraktives Angebot zu unterbreiten.» Blablabla. Wer eine vordefinierte monatliche Verkaufsquote nicht erfüllte, flog. Täglich 8 Stunden a 6,50 €. Feiertage wären nachträglich abzuarbeiten. Glück im Unglück war, dass die Firma vor der Insolvenz stand, und ich den Job erst gar nicht anzutreten brauchte. Anderenfalls hätte mich das Amt gesperrt. Kein Geld.

Danach hatte ich ein freiwilliges Interview mit einem Versicherer, der Vertreter suchte. Irgendwo draußen im Grünen. Mächtige Anfahrt mit Bus und Bahn. Anfangen sollte ich bei Oma, Opa, Tante und Onkel. Versicherungen aufschwatzen. War froh, wieder zuhause zu sein.

Nach der Millenniumswende. Letzte Maßnahme vor Zusammenlegung von Arbeitslosen- und Sozialhilfe zum Arbeitslosengeld II (ALG II). Irgendwo in einem Industriegebiet. Billige Büroräume. Nicht weit ein Friedhof, wo man allmorgendlich frische Gräber aushob. Zwei Unterrichtsblöcke: zunächst «Idiotentest», dauerte etwa drei Monate, danach Bewerbertraining unter anderer Knute im Centrum, auch drei Monate. Man versammelte sich morgens um 8.00 Uhr im Schulungsraum eines Hinterhofs, weit ab vom Schuss. Beim Betreten des Geländes musste man in Deckung gehen: Gabelstaplerverkehr. Fuhren kreuz und quer in der Gegend herum. Wäre Grund gewesen für eine juristische Anstrengung. Gefahr für Leib und Leben.

Endlich saßen wir in einer Trockenbaubaracke. Die üblichen Schulbänke, die üblichen maroden Stühle. Ergonomisch eine Katastrophe wie immer. Neonlichtbeflutung. Etwa dreißig Unglückliche, die mindestens 10 Jahre auf dem Buckel hatten. Männer und Frauen fifty-fifty. Alter ab Mitte dreißig bis Ende fünfzig. So stelle ich mir das Irrenhaus vor: überwiegend Gestörte und jeder mit einem anderen Spleen, oder wie der Kölner sagt: «Jede Jeck ist anders» Quod erat demonstrandum. Auch das waren Akademiker. Geleitet wurde der ambulante Heimaufenthalt von zwei Herren, Psychologie und Pädagogik, die die einzigen in dieser Muppetshow zu sein schienen, die noch richtig tickten, obgleich richtig tickende Psychologen und Pädagogen nicht selbstverständlich sind. Die Gestrandeten: Philologe, Architekt, Chemiker, Zahnarzt, Volkswirt, irgendeiner, der irgendwas bei der Bundeswehr studiert hatte, dann – wie ein Teilnehmer meinte – ein «Gartenzwerg mit Langhaarperücke und Rauschebart», der sich für den King hielt, und so fort. Zu guter Letzt ein Doktor, den man meines Erachtens hätte sofort in die Zwangsjacke stecken müssen. Dann die obligatorische Vorstellungsrunde: Ich bin der Räuber Hotzenplotz und wohne dort im Wolkenschloss, ich bin Schneewittchen aus den Sieben Bergen und wohne bei den Sieben Zwergen. Der «Zwangsjackendoktor» redete sich regelmäßig den Mund fusselig, diskutierte alles durch, fragte den Dozenten Löcher in den Bauch, machte zwischendurch rhetorische Handstände, malte verbale Bruchbuden in die Luft und strickte Netze von Geistergarn, in denen er sich dann selbst verfing. Kein Einzelfall in solchen Maßnahmen. DÜRRENMATTS «Physiker». Für solche Teilnehmer gibt es nur eine Maßnahme, und das ist die geschlossene Anstalt.

Irgendwann war Kurzpräsentation angesagt. Jeder sollte zu einem Thema seiner Wahl ungefähr 20 Minuten quatschen. Nach Möglichkeit dekoriert mit Bildern per Overheadprojektor. In Anwesenheit des besagten psychologisch-pädagogisch geschulten Fachpersonals zwecks Diagnose. So eine Art Vorsprechen wie auf den Brettern, die die Welt bedeuten. Oder Rattentanz im Versuchslabor, während Veterinärmediziner im weißen Kittel durch die Glasscheibe glotzen. Der Zahnarzt faselte von seinem Behandlungsstuhl, den er sich nicht leisten könne, weshalb er so viele Jahre ohne Arbeit sei. Irgendein Alibi brauchte fast jeder aus dieser Riege, um sich selbst in die Tasche lügen zu können, um sich reinzuwaschen von dem Vorwurf, unverantwortlich zu sein gegenüber sich selbst und dem Kollektiv, das Gesellschaft heißt. Sein Behandlungsstuhl war sein persönliches Mantra. Ansonsten ein sympathischer Kerl. Ein anderer hatte jenseits seines akademischen Studiums eine Zusatzqualifikation erworben, irgendwas mit Computer. Er schwafelte darüber, wie ein Computer funktioniere, was allerdings niemand verstand. Man führte das auf das notwenige Fachchinesisch zurück und applaudierte nachher ab. So eine Art Rumpelstilzchen der Bits und Bytes. Er sammelte im Übrigen Müll, wie ich später erfuhr: Messie.

Die Defizite eines Messies sind weniger der Krempel, beispielsweise Zeitungen, die er zu Türmen türmt, um sich dahinter zu verstecken, als vielmehr seine Haltung. Auch er will ebenso wenig Verantwortung übernehmen wie der Behandlungsstuhltraumtänzer.

Mit einem Spezi, den man nach Jahren «freigestellt» hatte, lief ich mittags ab und an über besagten Friedhof, wo Kerzen brannten für die Glücklichen, die es bereits hinter sich hatten, und wo uns der Heiland begegnete, während der Lehm geschwängerte Geruch soeben ausgehobener Gräber uns verfolgte. Schon früh wäre er mit Studieren fertig geworden. Hätte nahtlos in die Firma einsteigen können. Nachher leitender Angestellter. Bis der Tag kam, als ein neuer Vorgesetzter ihm sein Revier streitig gemacht hätte. Entweder andere Abteilung oder Abfindung. Er hätte die Abfindung genommen mit der Überzeugung, eine neue Stelle wieder zu finden. Schließlich hätte er etliche Jahre Berufserfahrung auf dem Buckel gehabt.

Eine neue Stelle fand er nicht, dafür das Elend. Hätte vorher zwar zur Miete gewohnt, dafür aber großzügig und in bester Lage. Dicker Schlitten und eine Sexbombe zur Frau. Das Ende vom Lied: Bude weg, Schlitten weg und Scheidung. Danach Sozialhütte und Leukoplastbomber. Ein anderer Kandidat hatte das Glück gehabt, über viele Jahre an der Alma Mater als wissenschaftlicher Assistent arbeiten zu dürfen, doch das Pech, keine Promotion auf die Reihe zu bekommen. Irgendwann wurde auch er an die Luft gesetzt. Eine Mittdreißigerin zählte zu den wenigen, der die Stellenlosigkeit ihrer Psyche nicht den Garaus gemacht hatte. Sie verstand sich mit ihren Eltern gut, die ihrer Tochter, wo sie nur konnten, finanziell unter die Arme griffen. Sie schien ein vergleichsweise sorgloses Leben zu führen. Freitags erschien sie stets in Leder. Wochenende. Ab zum Freund. Und dann ging es aufs Motorrad. Eine Oase in persona in jenem Tal der Ausgestoßenen. Eine Sonne an einem ansonsten aussichtslosen Horizont.

Dann waren wieder IQ-Tests dran. Zwei Tage. Mit Stoppuhr wie üblich. Zweidimensionale Zauberwürfel, Zahlen- und Wortreihen mit auszufüllenden Leerstellen, papierne Zahnräder, die ineinander griffen, wo die Drehrichtungen herauszutüfteln waren. Logische Kombinationen. Exotische Worte, deren Herkünfte zu bestimmen waren usw. Nur ein einziger schnitt IQ-mäßig unterdurchschnittlich ab, was aber meiner Auffassung nach kein Manko ist. Die genormten IQ-Tests kontrollieren lediglich genormte Denkmechaniken, deren Mangel eine Person noch lange nicht zu disqualifizieren berechtigt. Abstraktes Denken, Schnelligkeit der Auffassung, vergleichendes Betrachten. Es gibt alternative Arten von Intelligenz, die von solchen Tests nicht erfasst werden.

Jetzt war Assessment Center an der Reihe. Simulierte Talkrunden, um für eine zu besetzende Stelle den richtigen Bewerber zu finden. Kommt aus den 1920er Jahren der Deutschen Reichswehr. Große Arena mit großem Tisch. 5 bis 6 Mann. Vorgegebenes Thema, Zwangsdiskussion, Laborsituation. Kaninchen im Laufstall. Hinter der Glasscheibe wieder Fachpersonal im weißen Kittel. Wie kommunizieren und reagieren die Kaninchen? Ist dieses dominant? Jenes teamfähig? Ein weiteres kleinbeigebend?

Mittlerweile hat sich herumgesprochen, dass Assessment fauler Zauber ist. Viele durch Assessment herausgefilterte Bewerber erwiesen sich auf der zu vergebenden Stelle im Nachhinein als nicht passend. Ebenso wenig vermag meines Erachtens das nach Schema-F ablaufende Bewerbungsgespräch den richtigen Bewerber zu verifizieren, da die Kriterien, aufgrund derer zumindest deutsche Arbeitgeber einen etwaigen Arbeitnehmer bewerten, Ausdruck einer Erwartungshaltung sind, die in erster Linie am psychologischen Profil des Kandidaten orientiert ist und weniger an fachlicher Kompetenz und auszubauendem Potenzial. Den deutschen Arbeitgeber reitet oft die unterschwellige Angst: Hoffentlich mischt er nicht das Kollegium auf, hoffentlich kommt er mir nicht in die Quere, hoffentlich verprellt er nicht meine Kunden.

Das arbeitgeberdeutsche Bild des Wunscharbeitnehmers ist ohne Ecken und Kanten. Und dabei sind es gerade die mit Ecken und Kanten Behafteten, die Schwung in den Laden bringen, innovative für die Prosperität des Unternehmens wertvolle Ideen beisteuern. Mein Doktorvater war solch ein mit Ecken und Kanten Behafteter. Er war, wie eingangs bemerkt, der Primus inter Pares der internationalen Architekturhistorikerszene, zumindest was Industriearchitektur und das Neue Bauen anlangt. Er kooperierte bereits früh mit CHRISTO und dessen Hoffotografen VOLZ. Er gehörte zu den wenigen, die die Kunst aus ihrem Musentempel befreiten, indem er ihr ein Gesicht verlieh. Er bezog die sozialpolitische Komponente mit ein. Er erklärte Kunst zwar auch durch die ästhetische, aber vorrangig durch die soziologisch-politische Brille.

Um es nochmals zu verdeutlichen, des spießigen deutschen Arbeitgeber-Ewartungsbildes wegen stehen viele kluge Köpfe vor der Tür und müssen stempeln gehen so wie ich selbst viele Jahre. Der deutschen Wirtschaft und dem deutschen Staat gehen dadurch wertvolle Humanressourcen verloren. Nicht umsonst sind Abermillionen Bundesbürger von Transferleistungen abhängig, haben Mehrfachjobs, um über die Runden zu kommen, müssen in die Röhre schauen, unterdessen andere in Saus und Braus verbringen.

Es geht nicht um Sozialismus. Es geht um Gerechtigkeit. Es

geht um ein neues Denken. Um Visionen. Es geht um ein neues Deutschland.

Das internationale Image Deutschlands ist besser als seine soziale Wirklichkeit. Die Jobcenter gehören auf den Müllhaufen der Geschichte. Regelsätze, die gerade einmal reichen, um die fixen Kosten zu bedienen. Hinzuverdienstgrenzen, die Schwarzarbeit fördern. Mobilität schaffen durch Jobtickets! Die Ein-Euro-Jobs müssen weg! Der «Ein-Euro-Job» ist meines Erachtens eine modernisierte Form der Sklavenarbeit à la Zuckerrohrinsel, da er nicht verfassungskonform ist. Anstelle dessen Wiedereinführung von Beschaffungsmaßnahmen, aber in abgespeckter Form: anstatt stellenlose Akademiker 2 Jahre mit BAT-2 zu fördern, mehr als zwei Jahre mit niedrigen BAT-Klassen. Keine Ein-Euro-Jobs, sondern öffentlich bezuschusste sozialversicherungspflichtige Arbeit. Denn der «Ein-Euro-Job» holt den Betroffenen nicht aus seiner Falle, weil dies nichts anderes als Sisyphus-Förderung ist.

Anschließend ging es wieder ins Kabuff. Tacheles reden. Ergebnisse besprechen. Feedback. Betroffenenakte fürs Amt fertig machen. Gutachten erstellen. Zwischendurch gab es noch ein kleines Bewerbertraining, das ein Rentner leitete, um seine Bezüge aufzubessern. Alles in allem eine große Lachveranstaltung, obgleich der ältere Herr angenehmer Zeitgenosse war.

Bevor wir an einem anderen Ort Teil II der Maßnahme antraten, für mich das soundsovielte Bewerbertraining, gab es Kaffee und Kuchen. Und, wie sollte es anders sein: das berühmte

Zertifikat, das zu Nichts nutze ist außer dem Träger als Legitimationsurkunde zu dienen.

Wieder an einem Montag gegen 8.00 Uhr ganz woanders irgendwo in der Stadt. Die gleiche kranke Rasselbande. Formulare ausfüllen. Bekanntgabe der Hausordnung. Selbstvorstellung. Einzeltrainerbegrüßung. Dann Zuweisung, welcher Kasper von welchem Kasper zu betreuen sei. Danach wie üblich: Optimierung der Bewerbungsunterlagen, Feilen am Lebenslauf, Stopfen biographischer Löcher, Passbilddebatte, Vorstellungsgespräch durchkauen. Garderobentipps, dass man nicht in Turnschuhen beim Termin erscheinen solle. Bei den Damen möge der Rock nicht zu hoch sein und das Dekolleté nicht zu tief. Die Herren im Anzug, darunter Hemd mit Kulturstrick. Alles wurde wieder bis aufs i-Tüpfelchen durchdiskutiert. Der den Müll sammelte, meinte, keinen Anzug zu besitzen. Dann solle er sich im Ausverkauf einen an Land ziehen. Ständig schaute man auf die Armbanduhr in Erwartung der nächsten Zigarettenpause. Am Nachmittag fanden dann die ersten Einzelberatungen statt. Ich selbst landete bei einem Psychologen aus der Ostzone. Warum ich keine Arbeit hätte? Ich empfahl ihm, er möge doch mal die Nachrichten einschalten. Es herrschte nach wie vor Massenarbeitslosigkeit. Dumme Frage. Versuchte mich auszuquetschen wie eine Zitrone, um an Daten heranzukommen für die Behördenakte. Ich antwortete abstrakt. Wortgefechte. Danach beschwerte ich mich beim

Chef: Der Coach aus der Ostzone hätte keine Ahnung, weshalb er mir nicht helfen könne. Bekam jetzt einen neuen Trainer zugewiesen. Starker Raucher. Auf Lunge. Besaß die Frechheit, in meiner Anwesenheit zu qualmen. Hatte auch keine Ahnung. Unangenehme Person. Ich wieder zum Chef, bis er selbst mir dann auf die Sprünge zu helfen versuchte. Ohne Erfolg. Erwähnt werden muss, dass der Vorgängerkurs – wie man mir erzählte – das Einmaleins eingetrichtert bekommen hätte. Unter den armen Teufeln soll ein habilitierter Mathematiker gewesen sein, der die Faxen dann dick hatte und die Medien einschaltete. Der Fall ging durch die Presse. Konsequenz: Der Boss fasste uns mit Samthandschuhen an.

Ein Mitarbeiter war begeisterter Hobbyknipser, weshalb er uns alle in seinem selbst gebastelten Heimstudio willkommen hieß, um Bewerbungsfotos zu schießen. Hintergrund war eine an die Wand genagelte Tafel, vor der wir in Position zu gehen hatten, währenddessen wir in das blendende Licht eines Baustellenfluters schauen durften. Er selbst hantierte mit einer Digitalkamera, aller Wahrscheinlichkeit nach vom Discounter. Im Laufe meiner vieljährigen Arbeitslosenkarriere hatte ich schon Dutzende von Bewerbungsfotos von mir zur Kenntnis nehmen müssen, was aber dieser Hobbyknipser mir da auftischte, sprengte alle Ketten: Radikale Teleoptik. Ich sah aus wie ein Schwein. Das perfekte Bild, um erst gar nicht eingeladen zu werden. Mit einem solchen Bild hätte ich mich selbst auch nicht einladen wollen.

Hartz-4 ist da

Die «Kunden» des klassischen Arbeitsamtes der Vergangenheit rekrutierten sich sowohl aus Arbeitslosengeld- als auch Arbeitslosenhilfe-Beziehern. Die Arbeitslosengeld-Bezieher verblieben bei der klassischen Behörde, die nun Agentur für Arbeit heißt, allerdings zeitlich limitiert, und bezogen Arbeitslosengeld I (ALG-I). Die Arbeitslosenhilfe-Bezieher wurden mit den Sozialhilfe-Beziehern zusammen in einen Topf geworfen und wurden zu «Kunden» der Argen, später Jobcenter[18], und bezogen dann Arbeitslosengeld II (ALG-II).

1. Januar 2005. Nach einem bürokratischen Tohuwabohu sondergleichen war es gelaufen mit meiner Arbeitslosenhilfe. Auch das Verwaltungsgebäude war nun ein anderes. Kein respek-

---

[18] Im Übrigen ist «Jobcenter» amerikanisch und bedeutet übersetzt nichts anderes als «Arbeitsamt». Man fragt sich, inwieweit die letztlich identische Begrifflichkeit berechtigt ist, wenn «Arbeitsamt» eine Filiale der sogenannten «Bundesagentur für Arbeit» meint und nicht ALG-II, sondern ALG-I bezüglich ist.
Oder man denke nur an den früheren Begriff «Ich-AG», als sich Arbeitslose mit staatlicher Bezuschussung als «Alleinunterhalter» selbständig machen konnten. Viele fragten sich schon damals, was mit «AG» in diesem Zusammenange eigentlich gemeint sei. «Aktiengesellschaft»? Selbst «Arbeitsgemeinschaft» wäre irreführend, da man mit sich selbst ja keine Gemeinschaft gründen könne. Aber wenn es nur Titulierung wäre, was verbesserungswürdig sei, hätte ich dieses Büchlein nicht schreiben müssen. Nein, es sind die schwer wiegenderen Inhalte bzw. deren Umsetzung in die Praxis, weshalb ich diese Zeilen schreibe.

tables Hochhaus mit Grünem rundum. Nein, eine Art Fertigbaubaracke unmittelbar an einer stark befahrenen Straße. Hier saß man im selben Boot: Sozialhilfe-Empfänger, ehemalige Arbeitslosenhilfe-Empfänger wie ich selbst und Frischlinge von der Uni, die keinen Job fanden und Stütze brauchten.

Damals als ich meinen Magister gerade in der Tasche hatte und genauso wenig eine Arbeit fand, war ich zum Sozialamt getigert. Ich müsse eine Bescheinigung vom Arbeitsamt beibringen, aus der hervorgehe, dass jede zumutbare Arbeit für mich nicht aufzufinden sei, mit anderen Worten, dass selbst als Latrinenschrubber ich nicht gebraucht würde. Ich nahm beide Beine in die Hand und rannte davon.

Ausgebeulte Jogginghosen, abgetretene Turnschuhe. Im Sommer Feinrippunterhemden, tätowierte Oberarme. Goldkettchenfraktion, Pomade. Dazwischen hübsche Fräuleins, gut gekleidet. Ausländer, schwarze Haut, Rasierwasserwolken, Parfüm. Arabisch, Türkisch, Deutsch. Hinter dem Tresen im Foyer: Mannsweiber mit Haaren auf den Zähnen. Unfreundlich, wortkarg, nur das Nötigste auf den Lippen. Kein Lächeln. Manchmal ist die Atmosphäre zum Zerreißen gespannt. Herunter geschluckte Aggression. Wut, Elend, Verzweiflung.

Hier also war ich nun gelandet, am Ende der sozialen Kette. Neben mir der Müllkutscher und die Putzfrau. Ich, dessen Himmel einst Geigen schmückten: Vor etwa 17 Jahren, der rosarote Flitzer, der Kurator am Museum, der Journalist in der Kulturredaktion. Zerbrochene Träume aus meinem BUKOWS-

KISCHEN Kaleidoskop. Lebendig begraben. Ohne Liebe. Ohne Hoffnung. Auf der Insel der Verdammten. Auf dem Floß der Medusa. Ständig in den roten Zahlen. Ausgepowerte Dispokredite.

Anstelle des ABM-Instruments trat nun das Instrument «Ein-Euro-Job» oder auf Amtsdeutsch: Arbeitsgelegenheit mit Mehraufwandsentschädigung (AGH-MAE). Mehraufwand = Mittagessen plus Fahrkarte, da der behördliche Regelsatz fürs nackte Überleben vorgesehen ist. Um der Präzision willen muss hinzugefügt werden, dass die AGH-MAE die ABM nicht ersetzt, sondern verdrängt hat. Denn mit ABM war erst 2012 Schluss, wohingegen die AGH-MAE mit Hartz-4 bereits am 1. Januar 2005 in Kraft trat. Mit anderen Worten, das ABM-Instrument wurde noch weitere sieben Jahre zur Anwendung gebracht, und zwar für diejenigen, die Arbeitslosengeld I (ALG-I) bezogen. Doch hatten sich ABM im Laufe der Zeit zunehmend verschlechtert: geringe Bezahlung, keine Arbeitslosenversicherungsbeiträge, womit der Beschäftigte auch keinen neuen Leistungsanspruch sich hätte erarbeiten können, und obendrein kurzzeitig, mitunter nur noch sechs Monate.[19]

In der Tat, an einem Bonner Museum, wo ein New Yorker Museum seine Exponate präsentierte, sollte ich für die Dauer eines halben Jahres in Aktion treten. Wissenschaftliche Vorträge vor Meilensteinen der Kunstgeschichte halten. Führungen. Die

---

[19] vgl. Merkblatt der Koordinierungsstelle gewerkschaftlicher Arbeitslosengruppen Info 3, März 2009, S. 2.

Stadt leckte sich die Finger nach mir. Einen Doktor der Philosophie, hochgebildet, für einen Euro, den die Stadt sowieso nicht zu begleichen gehabt hätte, weil derselbe aus Nürnberg gekommen wäre. Darüber hinaus noch zusätzliches Einarbeitungsgeld für den Träger. Einfach fabelhaft. Die entsprechende Eingliederungsvereinbarung (EV) möge ich doch gleich im Hausflur des Jobcenters unterschreiben, dann hätte ich den Papierkrieg schon mal vom Hals. Ich ließ meinen Persönlichen Ansprechpartner (PAP) wissen, die Vereinbarung zuhause in aller Ruhe studieren zu wollen, schließlich unterschriebe er ja auch keinen Mietvertrag zwischen Tür und Angel. Musste er wohl oder übel akzeptieren. Bemerkenswert ist, dass, wenn ich mich auf eine offiziell ausgeschriebene Stelle dieses Musentempels beworben hätte, meine Bewerbungspapiere sowieso im Papierkorb gelandet wären, selbst wenn man keinen a-priori-Kandidaten in petto gehabt hätte, wie das für den öffentlichen Dienst oft Usus ist. Selbstverständlich bin ich nicht auf den Kopf gefallen, nur in die Grube der Langzeitarbeitslosigkeit. Ich las den «als Eingliederung getarnten» Vertrag — denn eingegliedert wird durch einen solchen Vertrag in der Regel niemand — mit Sorgfalt durch und zog entsprechende Literatur zu Rate. Herausfinden konnte ich, dass es sich bei einer AGH-MAE nicht um eine reguläre Beschäftigung handelt. Es werden keine Sozialversicherungsbeiträge abgeführt, was im Übrigen bedeutet, dass der Tätige, weil er in keine Arbeitslosenversicherung einzahlt, auch keinen Anspruch auf Arbeitslosengeld (ALG I) erwirbt. Keine Kranken- und Pflegeversicherungsbeiträge, keine Rentenbeiträge.[20] Da es sich nicht um eine Erwerbsarbeit im eigentlichen Sinne handelt, kann der Betroffene seines weiteren Leistungsbezugs (ALG II) wegen dazu auch nicht gezwungen werden. Anders verhielte es sich, wenn es sich um eine sozialversicherungspflichtige Arbeit handeln würde. Wer sich Letzterer verweigert, wird zu Recht sanktioniert, weil diese den Leistungsbezieher auf seine eigenen Beine wieder stellt, das heißt tatsächlich eingliedert. Daher darf der Betroffene nicht zu einem Ein-Euro-Job gezwungen werden. Zudem hat das Bundesverfassungsgericht am 9. Februar 2010 entschieden:

«Das Grundrecht auf Gewährleistung eines menschenwürdigen Existenzminimums aus Artikel 1 Absatz 1 Grundgesetz in Verbindung mit dem Sozialstaatsprinzip des Artikels 20 Absatz 1 Grundgesetz sichert jedem Hilfebedürftigen diejenigen materiellen Voraussetzungen zu, die für seine physische Existenz und für ein Mindestmaß an Teilhabe am gesellschaftlichen, kulturellen und politischen Leben unerlässlich sind.»[21]

Das menschenwürdige Existenzminimum leite sich aus der Verfassung ab, so die Bundesrichter, und dürfte daher meiner Ansicht nach nicht in Abhängigkeit von einer irregulären Tätigkeit gebracht werden. Das heißt, wer die Aufnahme eines kei-

---

[20] Siehe diesbezügliche Überschneidungen mit «Arbeiten im Strafvollzug».
Im Übrigen besteht seit 1. April 2012 AGH-Pflicht für erwerbsfähige Hilfebedürftige ab dem 58. Lebensjahr nicht mehr.
[21] BVG-Pressemitteilung Nr. 5/2010 vom 9. Februar 2010. II, 1. a.

ne offizielle Arbeit darstellenden Ein-Euro-Jobs verweigert, dürfte gemäß Verfassung auch nicht sanktioniert werden, seine Leistungen dürften nicht gekürzt werden. Insofern ist der «sanktionsbewehrte Verpflichtungscharakter» der entsprechenden Eingliederungsvereinbarung (EV) nicht rechtens. Der Betroffene wird darin aufgefordert, durch Unterschrift zu der Tätigkeit sich zu verpflichten, anderenfalls drohe ihm die Kürzung seiner Bezüge.

Ich unterschrieb nicht und bekam für drei Monate 30% von meinem Regelsatz weniger. Habe die Sanktionierung gerichtlich angefochten. Mit Erfolg. Ich begründete meinen Widerspruch zwar nicht mit dem vorstehend Referierten, sondern verwies schlicht und ergreifend auf die fahrlässige Stellenbeschreibung, die festdefinierte gesetzliche Kriterien zu erfüllen hat, mit anderen Worten auf das «Bestimmtheitsgebot», wie «Ziele, MAE-Höhe, genaue Tätigkeits-Bezeichnung, Tätigkeitsort, Art konkreter Tätigkeit, Umfang und Verteilung der Arbeitszeit».

Ich möchte allerdings hinzufügen, dass zumindest für einen jungen Hüpfer ohne Berufserfahrung eine solche Tätigkeit das Sprungbrett in die Arbeitswelt sein kann, da er auf diesem wenn auch zweifelhaftem Wege berufliche Praxis zu erwerben vermag. Insofern sollte die Annahme einer AGH auf freiwilliger Basis beruhen.

Lehrer gesucht — Von Pontius zu Pilatus

Irgendwann fanden stellenlose Lehrer einen Job. Irgendwann gab es zu wenige Lehrer. Da es mehr Stellen gab als besetzt werden konnten, bot die Politik den Quereinstieg an, ähnlich wie in den 1960er Jahren Kultusminister Mikat. Mangelfächer waren Mathematik, Physik, Kunst und Musik. Jedem, der eine dieser Disziplinen studiert hatte, mit welchem Abschluss auch immer, ob Diplom oder Magister und so fort, wurde die Möglichkeit geboten zu unterrichten. Das dafür notwendige zweite Staatsexamen holte man entweder berufsbegleitend nach, das hieß tagsüber unterrichten, abends die Schulbank drücken, oder ganz konventionell als ordentlicher Referendar. Berufsparallel bezog man bereits eine entsprechende Besoldung, als Referendar das übliche Gehalt für einen Lehramtsanwärter. Quereinsteiger wurden nach Tarif bezahlt, die Gehälter lagen unter denen der regulären Staatsdiener, also der Lehrer, die über die klassische Lehrerausbildung verfügen[22]: erstes Staatsexamen an der Uni, zweites nach Referendariat an der Schule. Allerdings stand Quereinsteigern bis Anfang 40 die Möglichkeit der Verbeamtung offen.

Die folgenden fünf Jahre war ich dann damit beschäftigt, ins Lehramt hineinzukommen. Ich war 49 Jahre alt. Sollte es mir

---

[22] Dass die angestellten Lehrer weniger verdienen als ihre verbeamteten Kollegen sorgt seit 2015 für Protest nach dem Motto «Gleicher Lohn für gleiche Arbeit».

gelingen, lägen knapp 15 Berufsjahre noch vor mir, in denen ich ein richtiges Gehalt, von dem ich hätte leben können, beziehen würde, samt Anhäufung der für das Alter so wichtigen Rentenpunkte, um auch im Ruhestand nicht verhungern zu müssen. Ich hatte Anglistik studiert und bin Fotodesigner, hatte mit 15 Jahren zu knipsen angefangen, seitdem künstlerisch gearbeitet. Viele Ausstellungen. Kunsterziehung sollte erstes, Englisch zweites Unterrichtsfach werden. Zunächst galt es, seinen Hochschulabschluss als Pendant zur ersten Staatsprüfung (erstes Examen) anerkennen zu lassen. Ich schwang den Hörer, wälzte Bücher, las Erlasse und Verordnungen, rannte von Pontius zu Pilatus. Selbst das Amt spielte mit und ließ mich an der langen Leine laufen. Als ich alle notwenigen Papiere beisammen hatte, stellte ich meinen Antrag bei der Bezirksregierung, die denselben dann an eine dafür zuständige Kommission weiterleitete. Ergebnis: Ablehnung. Der betreffenden schriftlichen Stellungnahme war ein sarkastischer Unterton beigemischt. Die Scheine meines Englischstudiums waren nur mäßig, zudem hatte ich diese Disziplin nicht im Hauptfach studiert. Und dass ich künstlerisch was drauf habe, traute man mir auch nicht zu. Könnte ja jeder kommen und vom Pferd was erzählen. So in etwa, sinngemäß, bloß plakativ formuliert. Es ging um die deutsche Papiergläubigkeit wieder einmal. Das wollte ich nicht auf mir sitzen lassen, zudem ich unbedingt als Lehrer arbeiten wollte, nicht alleine deshalb, weil ich keinen Job hatte und hier die Möglichkeit sah, unter meine Arbeitslosigkeit ein für allemal einen Schlussstrich zu ziehen, sondern weil ich mich dazu berufen fühlte. Wollte mit jungen Menschen zusammenarbeiten, ihnen etwas mit auf ihren Lebensweg geben. Da anfangen, wo die Pädagogik meiner eigenen Lehrer einst aufgehört hatte, nämlich bei Hohn und Spott. Die Erzieher, die meine Generation unterrichteten, waren oft vorbelastet gewesen, durch den hinter ihnen liegenden Krieg, den sie zumindest als Kind noch erlebt hatten. Mangelnde Liebe, kaltes Nest, Vater verloren. Der Frust und die Enttäuschung wurden nicht verarbeitet — man war mit Wiederaufbau und Wohlstandsgeschäftigkeit in Beschlag genommen — sondern an uns Kinder weitergereicht. Doch gab es auch Ausnahmen: die jungen Lehrkräfte, die gerade das Referendariat hinter sich hatten. Im Großen und Ganzen aber unterrichteten an meinem Gymnasium pädagogische Nieten. Ich wollte es anders machen. Ich fühlte mich herausgefordert, zumal ich bei einer sozialen Hilfsorganisation 10 Jahre gearbeitet hatte. Doch ist es wieder das Papier, das entscheidet über den Menschen, Prädikate, Zeugnisse, Formulare. Ähnlich wie bei der Zulassung zum Medizinstudium: Numerus Clausus. Nicht die innere Einstellung, Zensuren anstatt, nackte Kopfleistungen.

Würde man im Übrigen den Numerus Clausus in Medizin abschaffen, hätte unsere Republik keinen Ärztemangel. Aber das kostet ja wieder zusätzliches Geld, die Ausbildung zusätzlicher Ärzte. Die Ausbildung der Ärzte aus Nicht-EU-Statten, die zu uns kommen, hat Vater Staat keinen Cent gekostet, und außerdem liegen deren Einstiegsgehälter unter denen der deutschen Ärzte, weil sie zunächst als Assistenzärzte anfangen müssen, um sich an den deutschen Standard zu gewöhnen.

Ich legte Widerspruch ein, focht das Urteil an. Abermals kam die Ablehnung. Dann bis zum Landesverwaltungsgericht. Ich hatte schlagkräftige Argumente, u. a. das schriftliche Gutachten eines Fachhochschulprofessors für Fotografie, der die herausragende künstlerische Qualität meiner Bilder bestätigte. Doch vergebens, meine Klage wurde abgewiesen. Der bescheinigende Professor sei doch nur Professor einer Fachhochschule und nicht einer Akademie, so das Argument der Kommission. Ich nahm dann Kontakt zu einer etwa 120 km entfernten Universität auf, wo man Kunst auf Lehramt studieren kann, um in den Besitz aussagekräftigerer Papiere zu kommen.

Anzumerken ist, dass bei fast allen meinen Fahrten dorthin von Anfang an der Wurm drin war. Das erste Mal hatte ich einen Termin mit einem Büroleiter. Als ich nach einer Reise von etwa drei Stunden erschien, eröffnete man mir, dass dieser verhindert sei. Die ganze Fahrerei umsonst. Bei einem zweiten Termin wurde ich bei vermeintlichem Schwarzfahren erwischt. Sollte 40 € zahlen. Habe mich dagegen gewehrt. Dann Inkassounternehmen. Mittlerweile waren aus 40 € fast 90 € geworden. Androhung von Gericht. Ich das Fernsehen eingeschaltet. Ende vom Lied: keinen müden Cent brauchte ich zu bezahlen und war obendrein für etwa 2 Minuten Star der Aktuellen

WDR-Stunde. Bei einem weiteren Termin hatte sich jemand vor den Zug geworfen. Ich kam etwa 4 bis 5 Stunden zu spät zur Vorstellung, doch war man nach mehreren Mobilfunkgesprächen so kulant, auf mich zu warten. Es war eine Verabredung mit dem künstlerischen Lehrinstitut, um meine Fotografien in Augenschein zu nehmen.

Bin ich verflucht? Welche Geisterbahnfahrten hatte ich bis dahin bereits hinter mir?

Einer der zuständigen Professoren bescheinigte mir, aufgrund meiner Dissertation die für das erste Staatsexamen erforderliche Theorie mehr als notwendig abzudecken. Ich hätte keine schriftliche Hausarbeit anfertigen müssen. Das einzige, was fehle, sei die «Kunstpraktische Prüfung». Nachdem ich der kunstpädagogischen Leitung meine Bilder gezeigt hatte, erklärte man sich bereit, nach einem kurzsemestrigen Studium, mir die «Kunstpraktische Prüfung» abnehmen zu wollen, falls ich eine Bestätigung seitens der Bezirksregierung beibrächte, aus der hervorgehe, dass ich mit Bestehen der «Kunstpraktischen Prüfung» das Erste Staatsexamen unter Einschluss von Englisch zuerkannt bekäme. Man muss erwähnen, dass die betreffende künstlerische Lehranstalt ab dato ausschließlich in meinem Falle eine Ausnahme machte. Ich hatte sie von meinem künstlerischen Impetus überzeugen können. So hatten im Zuge des Kunsterziehermangels viele Arbeitslose, die mit Kunst nur irgendwie was am Hut hatten, dort ein paar Semester studieren dürfen, um dann — wie auch von mir beabsichtigt — die praktische Prüfung ablegen zu dürfen. Fast alle diese «Möchtegern-Lehramtsanwärter» erwiesen sich im Nachhinein als nicht fähig – wie man mich wissen ließ – weshalb man diesem Procedere den Riegel vorgeschoben hatte. In meinem Falle aber machte man die berühmte Ausnahme. Persönlich suchte ich die Bezirksregierung auf, um den Circulus vitiosus darzustellen. Man bot mir keinen Stuhl, wahrscheinlich weil ich einst Klage erhoben hatte, und ließ mich wie einen begossenen Pudel wieder heimfahren. Kein Funke von Entgegenkommen, keine Vorschläge, keine Kompromisse. Ich hätte die ganze Sache gerichtlich erneut aufrollen können, da in der Zwischenzeit neue Gesichtspunkte sich ergeben hatten, doch ließ ich die Finger davon. Ich war mittlerweile fast Mitte fünfzig und in NRW waren Studiengebühren angesagt, und darüber hinaus hätte ich neben meiner Wohnung ein zusätzliches Studentenappartement anmieten müssen. Wovon das alles bezahlen? Immerhin hatte ich für etwa 5 Jahre eine Perspektive gehabt, die mich in meiner seelischen Misere moralisch über Wasser gehalten hatte, um aus lauter Verzweiflung nicht in dasselbe gehen zu müssen. Heute bin ich schlauer, aber zu spät dran. Es ist fünf Minuten nach zwölf. In Rheinland-Pfalz hätte ich es probieren sollen und zwar als Vollblutkunsterzieher, ausschließlich Kunst. Kein zweites Fach. In diesem Bundesland gab es zu jener Zeit auch keine Studiengebühren.

Die Schizophrenie ist, dass man Hände ringend nach Lehrkräften suchte und einem ehrlich Gewillten und obendrein fachlich

Kompetenten den Zugang verweigerte und das irgendwelcher Papiere wegen. Behördenbürokratie statt praktischer Abhilfe, um die Jugend sittlich zu mobilisieren. Diesmal war ich der Dumme. Auch ich hatte es ehrlich gemeint wie der «Fürsorger» von der Sowieso-Gesellschaft, dem ein stellenloser Rechtsverdreher den Garaus gemacht hatte.

Im Übrigen ähnlich wie mit der Anerkennung ausländischer Hochschulabschlüsse von Immigranten. Man sucht studierte Fachkräfte und wenn welche kommen, beispielsweise aus Kasachstan, Usbekistan und so fort, erkennt man ihr Universitätszeugnis nicht an.[23] Eingewanderten Akademikerinnen empfiehlt das Amt dann die Ausbildung zur Altenpflege. Ich schäme mich für Deutschland.

Rettungsboot Selbständigkeit

Wurde irgendwann ins Jobcenter wieder zitiert, um mit mir «über meine berufliche Zukunft zu sprechen», wie das bei der Behörde so schön heißt. Nach dem üblichen Geplänkel mit meinem Persönlichen Ansprechpartner (PAP), kam man überein, dass ich an einer weiteren Maßnahme teilzunehmen, wo man Stellenlose ab 50 zu vermitteln sich vorgenommen hätte.

---

[23] Mittlerweile hat dahingehend ein Umdenken stattgefunden, weil Arbeitskräfte fehlen.

Halbes Jahr. Einmal die Woche Gespräch mit einem «Wiedereingliederungshelfer». Alle vier Wochen soundsoviele Bewerbungen. Bewerbungsadressen wurden dann penibel in einem Formular erfasst, das dann ans Jobcenter ging. Es war Weihnachtszeit. Vorne auf dem Empfangstresen stand ein Weihnachtsteller mit Marzipan, Nüssen und Dominosteinen. Irgendwo leuchteten die elektrischen Kerzen eines künstlichen Weihnachtsbaums. Zwei Damen, darunter eine schnieke Mittzwanzigerin, hauten irgendwas in die Tasten. Aller Wahrscheinlichkeit nach Minijobberinnen. Der Boss erschien mit rollendem Aktenkoffer, verschwand in seinem Büro und quatschte dann mit irgendwem am Telefon. Aufgabe der Firma war es, die «Kunden» möglichst in Arbeit zu vermitteln, welche auch immer, wie auch immer bezahlt. Hauptsache Job. Mein «Betreuer» war mal Türsteher gewesen. Nachts vor irgendwelchen Bars aufgebaut. Kunden selektieren. «Du kommst rein! Du nicht!» Beherrschte Kampfkunst. Irgendwann erschien er nicht mehr. Hatte es nicht mehr ausgehalten, wollte keine Menschen mehr verheizen. Neuer Betreuer. Reine Verwaltung. Nachdem ich soundsoviele Praktika, soundsoviele Bildungsmaßnahmen, soundsoviele Beratungen, soundsoviele Bewerbertrainings über mich hatte ergehen lassen müssen, die alle nichts gebracht hatten, außer den Steuerzahler zur Kasse zu bitten, damit die in dieser Branche Beschäftigten einen Job haben, dachte ich über Selbständigkeit nach, weshalb man mich für das folgende halbe Jahr zu einem Wohlfahrtsverband schickte. Eine weitere der zigtausend Weiterbildungseinrichtungen in unserer Republik. Computer, Bewerbertraining, Deutsch als Fremdsprache, Existenzgründung. An Letzterem nahm ich teil. Etwa zehn Jobcenterflüchtlinge, zehn Ideen. Zwei Spezis verfolgten den kühnen Plan, einen Tanzschuppen für Gehörlose auf die Beine zu stellen. Ich selbst machte einen auf Online-Kunsthandel. Businessplan. Meinen ersten Betreuer setzte man irgendwann an die Luft. Danach wurde mir der nächste zugewiesen. Vollkommen inkompetent, sowohl in fachlicher als auch in pädagogischer Hinsicht. Anstatt mich moralisch aufzubauen, mir Mut zu machen, Kontraproduktion. Ging danach jedes Mal mit Arschfeeling wieder heim, desillusioniert. Nahm mich nicht ernst, wie einst die pädagogischen Nieten dort, wo ich mein Abitur gemacht hatte. War froh, mich von hinten sehen. Mein Projekt sei nicht tragfähig, ich müsse innerhalb eines halben Jahres mich selbst ernähren können. Vollkommen unmöglich, betriebswirtschaftlich eine Utopie. Jeder Betrieb, um ans Laufen zu kommen, glüht mindestens 2 bis 3 Jahre vor, bevor er schwarze Zahlen schreiben kann.[24] Was den erforderlichen Bankkredit anlangt, bekäme ich keinen, möge doch bei Oma, Opa, Tante und Onkel mir was zusammenleihen. Ähnlich wie bei dem Versicherungsfritzen, wo ich mich damals beworben hatte. Von Mikrofinanzierung hatte

---

[24] Nicht von ungefähr wird Einstiegsgeld seitens der Jobcenter bis zu zwei Jahre gewährt. Anspruch darauf besteht allerdings nicht, weil es sich um eine Ermessensleistung handelt.

der Berater bis dahin nichts gehört gehabt. Aber zertifiziert war derselbe, ausgezeichnet worden, irgendwelche Lehrgänge bestanden, Zeugnisse, Urkunden. Eine fürchterliche Person. Weshalb schickt man solche Leute nicht nach Hause? Für mich das totale Fiasko. Der ganze Absurditäten-Circus sorgte dafür, dass ich weder Gründungszuschuss noch Einstiegsgeld. beantragen konnte, und dem Arbeitsmarkt wieder zur Verfügung stehen musste.

Demgemäß gab es im gleichen Hause abermals Bewerbertraining. Hier bekam ich Stellenangebote für Frischlinge von der Uni zugeschoben.

Summa summarum: ein Riesenaffentheater, das anstatt mir in die Selbständigkeit zu verhelfen, Knüppel zwischen meine Beine warf, und dem Steuerzahler wieder jede Menge Zaster abknöpfte.

Das Bundesdorf, eine Sozialhütte und der Radioverein

Nachdem ich längere Zeit vom Amt nichts gehört und alle sechs Monate meinen Antrag auf Weiterbewilligung von Arbeitslosengeld II gestellt hatte, zitierte man mich schließlich wieder hin. Glücklicherweise musste ich aufgrund meines Alters nicht mehr beim Durchlauferhitzer an der Straße in der Schlange stehen, dort, wo Feinripp und Goldkettchen sich die Klinke in die Hand geben, sondern ein paar Hausnummern weiter. Hier werden die Unglücklichen reiferen Alters verwaltet (50 plus). Aber möge man nicht denken, dass die Atmosphäre dort entspannter sei. Kaum hatte ich in der Wartezone Platz genommen, als ein «Kunde» auch schon das HB-Männchen spielte. Ging an die Decke, schnauzte über den Flur und drohte mit Konsequenzen. Sofort kam der «Aufseher» angehechtet und winkte mit der imaginären Beruhigungsspritze. Ich denke, einst selbst arbeitslos, von irgendwem in irgendeinen Polyesteranzug gesteckt, damit er die Choleriker in Schach hielte.

Zwei Ein-Euro-Jobs rieb man mir unter die Nase. Für die Stadt Fotos schießen oder bei einem Radioverein mitwirken. Nein, meine Arbeitskraft, in diesem Falle meinen fotografischen Genius, der Stadt für einen Euro zur Verfügung zu stellen, danach stand mir nicht der Sinn. Das empfand ich als Demütigung, zumal ich mit der Stadt als Behörde wie auch im Allgemeinen, seitdem ich denken kann, auf Kriegsfuß stehe.

Man nehme nur den mir unterbreiteten Ein-Euro-Job am städtischen Musentempel, den ich erst gar nicht angetreten hatte, oder das kleinkarierte Getue in der Szene der Möchtegern-Künstler. Kameradenneid. Mobbing, sobald jemand auf Erfolgskurs ist. Verkrachte Existenzen von der Düsseldorfer Akademie, die irgendwelche Malkurse für Hungerlöhne zu geben gezwungen sind, sich aber aufführen, als seien sie die rechte Hand von MARKUS LÜPERTZ.

Als Schauspielerin VERONICA FERRES zu Gast in den Sieben Bergen war, überschlug sich die örtliche Presse mit Lobeshymnen. Man hatte Tränen in den Augen.

In irgendeinen Vorort kam irgendwann ein bekannter Chefredakteur zum Interview. Auch hier nasse Augen, man kniete nieder.

In manchen Kaufhäusern wird bisweilen nach Schönheit bedient. Falls der Kunde nicht nach Gusto des Verkäufers ist, kann es sein, dass jener erst gar nicht zum Zuge kommt. Habe bereits deswegen mehrere heftige Wutausbrüche mit erleben dürfen, wo man unter lautstarken Flüchen aus dem Ladenlokal stürzte.

Mich selbst bediente man erst gar nicht in einem bekannten Bonner Studentenlokal. Entsprach nicht den Erwartungen des Kellners. Hätte irgendwann einmal die Zeche geprellt gehabt. Wollte mich nicht bedienen, suchte ein Alibi. Ich wollte mich bei dem Geschäftsführer beschweren, ist aber über Facebook erreichbar, wo ich selbstverständlich nicht Mitglied bin. Keine

Telefon-Nummer. Und schriftlich in Erscheinung treten, wollte ich auch nicht. Glück für jenen Kellner-Halunken.

Allerdings fühlt sich der Spießer in Bonn pudelwohl, weil er hier unter seinesgleichen ist, weshalb er mein Urteil über Bonn ganz und gar nicht teilt – dafür aber Bonn-Besucher von auswärts.

Seit das Parlament nach Berlin sich verabschiedet hat, fehlt Bonn – klammert man den universitären Campus aus – das internationale Flair. Und da können die Bonn-Befürworter einem die Hucke noch so vollquatschen.

Mein Vater selbst verlegte unter dem Plenarsaal des damaligen Bonner Bundeshauses Elektrokabel, während ADENAUER oben die Wiederbewaffnung predigte.

Bonn ist und bleibt ein Dorf mit allen für ein Dorf klassischen Schattenseiten: Provinzielle Wichtigtuerei, spießige Mittelmäßigkeit und Nasenrümpfen über alles, was nur einen Millimeter von der Norm abweicht.

Alleine damit ließe sich ein ganzes Buch füllen.[25]

Kurze Zeit zuvor hatte ich die Stadt indirekt verklagt. Es ging um meine Bude. Indirekt verklagt insofern, als der damalige Jobcenterboss in Personalunion Boss des Amtes für Soziales

---

[25] Obgleich nicht Thema dieses Büchleins, möchte ich an dieser Stelle eine Lanze brechen für Colonia. Seit mehr als 30 Jahren bin ich begeisterter Colonia-Traveller und weiß warum. Colonia ist – nicht alleine gemäß meiner Auffassung – die freundlichste Stadt Deutschlands und ich verstehe nicht, weshalb nur 20 Kilometer südlich die tiefe Provinz beginnt.

und Wohnen gewesen war.

Es ging um die sogenannten Kosten für Unterkunft und Heizung (KdU), kurzum meine Miete plus Nebenkosten. Bei Einführung von Hartz-4 wurden die tatsächlichen Wohnungskosten nur für die folgenden 6 Monate übernommen, danach bezahlte man lediglich einen von der Kommune vordefinierten Maximalsatz. Darüber hinaus gehende Kosten hatte der Betroffene dann selbst aufzubringen oder umzuziehen. Man muss dazu sagen, dass für diesen Maximalsatz, der im Übrigen von Kommune zu Kommune differiert, keine menschenwürdige Behausung zu bekommen ist. Es gibt keinen bezahlbaren Wohnraum, nicht bloß aktuell, sondern seit weit mehr als 20 Jahren. Reformen hat die Politik verschlafen ähnlich wie bei der Bildung. Mein Domizil kostet mehr als das, was mir die Behörde gewährt. Ergo musste ich nach sechs Monaten kräftig draufzahlen, was natürlich ein Riesenloch in meine Bettlerkasse riss. Beim Sozialgericht erhob ich Klage. Formfehler entsprechender Papiere sowie mein beinahe 30jähriger Verbleib in meiner jetzigen Bude waren meine Argumente. Darauf mir das Wohnungsamt fast ein Dutzend Alternativwohnungen anbot. Was ich zu sehen bekam, schlug dem Fass den Boden aus! Hundehütten, Sozialbaracken mit Leukoplast geflickten Glasscheiben, Studentenkäfige. In der Regel weit ab vom Schuss. Die nächsten Supermärkte nur mit Bus und Bahn frequentierbar. Ein Auto? Wovon finanzieren? Vergleichsweise weniger schlimm waren zwei Wohnungen im Bonner Norden.

Die eine auf Erdgeschoss, allerdings dunkel, kalt und feucht. Die andere Neubezug. Ein gerade fertig gestellter Rohbau. Hier hatte man Wohnungen von zwei bis mehr Zimmern gebaut, für so eine Art «Betreutes Wohnen». Nachbarschaftshilfe. Hier nahm ich die für mich vorgesehene Kabine ins Visier. Nicht schlecht. Aber: nur 20 Meter weiter die Autobahn. Tag und Nacht das Surren von Motoren. Abgase. Ich litt damals unter einer chronischen Nasen-Nebenhöhlen-Entzündung. Gegenüber ein weiteres Sozialghetto. Vor kurzm bin ich mal dort gewesen. Hatte in der Nähe zu tun, und hab mir den Laden von draußen angeschaut. Entsetzlich: Balkone gepflastert mit Sperrgut und Satellitenschüsseln. Man sucht Trost bei Talkrunde, Ratequizz, Model- und Singsang-Contests, Zoffshows.

Höhepunkt war ein Käfig an einer über alle Maßen wieder stark befahrenen Straße. Block, fassadensaniert. Sozialgeldempfänger, Studenten und Rentner. Morgens 9 Uhr. Etwa ein Dutzend Bewerber. Ohrenbetäubender Lärm vom Autoverkehr. Alles Feinstaub geschwängert. Hatte mich verkleidet: alte Lumpen, Jeans made in Kakakiki, blank getretene Sneakers, Popelinjacke vom Kaufhaus mit dem mäßigen Ruf und abgeschwitzte Baseballkappe tief in die Stirn gezogen. Undercover-Journalist à la GÜNTER WALLRAFF. Irgendwann tauchte ein kleiner Dicker auf mit speckigem Wildlederblouson, Schiebermütze und Aktentasche. Die Wohnungstür öffnete sich. Eine Hochschulschöne trat in Erscheinung. Gerade fertig geworden mit der Uni. Hatte bereits alles ausgeräumt. Der Speckledermeister machte sich daran, die Schöne auszuhorchen, stellte über das Übliche hinausgehende Fragen, wollte alles wissen. Neugierde in Person. Man sah sich das immobile Elend an: Fassungslosigkeit!

«Du kriegst doch auch Hartz-4?» drang der Speckledermeister auf mich ein. Ich antwortete erst gar nicht und schlich mich irgendwann von dannen.

Im Übrigen ist es immer wieder interessant zu beobachten, wie Leute auf Garderobe abfahren. Ich hatte mich als daher gelaufene Hartz-4-Leiche ausstaffiert. Wenn ich in Leder und Kaschmir auftrete, zieht man den Hut. «Kleider machen Leute», wie GOTTFRIED KELLER meinte, oder arme Teufel, wie meine Wenigkeit erfahren durfte.

Lange Rede, kurzer Sinn, meine Klage auf Übernahme meiner Komplettmiete wurde in erster Instanz abgewiesen. In zweiter Instanz auf Landesebene wurde ein für mich attraktiver Vergleich geschlossen: es gab Geld. Abgesehen davon lernte ich die Essener City kennen. Hundsmiserables Bild. Wohlgemerkt die Innenstadt, nicht den Baldeneysee oder oben den Hügel mit der KRUPP-Villa. Ich musste unweigerlich an die Städte im Osten der Republik denken, von denen viele herauspoliert sind und wo man vom Boden essen kann, während hier im Westen die Straßen vergammeln und bezahlbare Wohnungen fehlen.

Ich entschied mich für den Radiojob, unterschrieb die Eingliederungsvereinbarung (EV) aber nicht sofort. Wollte mir den Wisch erst mal zuhause in aller Ruhe wieder durchlesen. Darin erfuhr ich, dass ich vorzugsweise spät abends und an den Wochenenden zu arbeiten hätte. Dann irgendwas von «Crossover»? «Motocross» meinen die vielleicht, schoss es mir durch den Kopf. Ich schaute mir den Verein im Internet an. Heraus fand ich, dass ich irgendwelchen Unterricht zu erteilen hätte, irgendwelche Kurse für Hausfrauen und Rentner, so dünkte mir es jedenfalls. Daher auch die ungewöhnlichen Arbeitszeiten. Ich unterschrieb nicht und teilte dem Verein mit, dass ich den zuvor vereinbarten Termin nicht wahrnehmen könne, ich sei erkrankt. Daraufhin hüllte ich mich in Schweigen. Es hagelte Post vom Jobcenter. Sie drohten mit Sanktionen, Kürzungen meiner Bezüge, falls ich nicht unterschriebe, falls ich den Job nicht machte. Man schickte mir zweimal gar einen Kurier auf den Hals, der die Post dann persönlich in den Briefkasten beförderte, damit ich nachher nicht sagen könne, ich hätte die Post nicht bekommen, denn Briefe können unterwegs verloren gehen. Größtenteils Sanktionsdrohungen. Man machte mir die Hölle heiß. Man zitierte mich unzählige Male ins Amt, zweimal davon ohne ersichtlichen Grund. Das eine Mal klagte der Berater unter Migräne, er könne augenblicklich keine Beratung durchführen, ich möge zwei Tage später wiederkommen, das andere Mal sollte ich ausschließlich einen Text lesen, konnte ich aber nicht, hatte meine Brille nicht dabei. Dann wieder Drohbriefe. Anschließend wieder Kürzung des Regelsatzes. Der Radioverein hatte noch einen Alternativ-Vorstellungstermin anberaumt. 4 Stunden waren vorgesehen.

Man wollte mir, wie mir schien, halb Bonn vorstellen. Meine Person, die sowieso auf dem sozialen Schuttabladeplatz gelandet war, schürte plötzliches Interesse. Sie rieben sich die Hände. Einen Doktor der Philosophie, hochgebildet, für einen Euro, so wie damals am Musentempel, einfach fabelhaft. Und obendrein wieder zusätzliches Einarbeitungsgeld für den Träger. Ich würde mich schämen als «Ein-Euro-Arbeitgeber».[26] Ich legte gegen die Sanktionierung Widerspruch ein, der nach einem Jahr immer noch nicht bearbeitet war. Mein Anwalt schrieb etwa 5 bis 6 mehrseitige Schriftsätze, juristisch ausführlichst begründet.[27] Auch hier eine dilettantische Stellenbeschreibung. Im Übrigen rechtfertigte die Behörde den «Ein-Euro-Job» damit, dass ich «soziale Kompetenzen erlernen» müsse, ein Argumentationsmodul aus dem Alibi-Sprachbaukasten der Jobcenter. Ich fasse das als Beleidigung auf. Zugleich macht das deutlich, wie Betroffene gedemütigt werden, Betroffene, die in diesen Teufelskreis ohne Schuld und Wollen hineingeschlittert sind, behandelt werden wie die kleinen Kinder, die der Erziehung noch bedürften. Man denke nochmals an das Durchnehmen des Einmaleins in der oben geschilderten Maßnahme oder dass woanders mit den Betroffenen gebastelt wird, so wie in den 1960er Jahren in der ARD-

---

[26] vgl. SPINDLER, HELGA: Arbeiten für die Grundsicherung – Die schleichende Einführung von Workfare in der Beschäftigungsförderung. «Gemeinnützige» Arbeit und Bürgerarbeit als trojanische Pferde, in: Soziale Sicherheit, 11/2008, S.365 – 372.
[27] Meine Klage war erfolgreich.

Kinderstunde mit TANTE ERIKA, bevor «Sport, Spiel, Spannung» auf dem Programm stand. Weil man begriff, dass aus mir kein «Zuckerrohr-Sklave» zu machen war, verdonnerte man mich zum nächsten Training.

Bewerben bis zum Erbrechen

Freitagmorgen 8.00 Uhr, irgendwann im August, strahlender Sonnenschein. Im Pausenbereich großer Tisch. Zwei Weibsbilder warteten dort bereits und hielten Small Talk. Alle Fenster waren geöffnet: unerträgliche Hitze. Draußen eine Hauptverkehrsader: Automobile, Laster, Straßenbahnen, Busse, zwischendurch immer wieder ohrenbetäubende Martinshörner, Rettungsfahrten. Ein akustischer Alptraum. Irgendwann erschien man, schlüsselte einen Raum auf. Wir nahmen Platz. Wir waren zu fünft: die beiden Weibsbilder, meine Wenigkeit, ein dynamischer Mittvierziger und «Schweinchen Dick». Vorstellungsrunde. Dieses Mal neues Konzept: Jeder sollte seine Biographie künstlerisch zu Papier bringen und sein Banknachbar dieselbe anschließend kommentieren. Papier und Buntstifte wurden ausgegeben und dann wurde gemalt auf Teufel komm raus, wie bei TANTE ERIKA. Danach das Kommentierungspalaver durch den Kollegen. Irgendwann wurden die berühmten Formulare wieder ausgeteilt. Hunderte von Fragen, viele davon juristisch unhaltbar, wollten alles wissen, bis ins kleinste Detail, wogegen unsere Gruppe jedoch erfolgreich sich zur Wehr setzte. Irgendwann wieder Einzelberatung. Zwei Trainerinnen, die eine, Ökonomin, machte sich für die Betroffenen stark, die andere, Erzieherin, mit Lederstiefeln und imaginärer Peitsche, Stimme wie eine Kreissäge. Auf die Einzelberatung bei der verzichtete ich selbstverständlich. Am nächsten Tag 4-wöchiges Bewerbertraining unter einem Mittfünfziger. Das Übliche: Lebenslauf, Anschreiben, Passbilddiskussion. Erzählte viel aus dem Nähkästchen, in erster Linie von seinen Abenteuern in Südostasien. Manche schauten Witzfilmchen, andere machten eBay oder Facebook, wieder welche inspizierten Nacktfotos im Netz. Man kam um vor Langeweile. Unsere Gruppe bekam Zuwachs. Neue Gesichter, frisch zugewiesen vom Amt. Irgendwann die ersten «Balla-Balla-Kameraden». Verbrachte die Mittagspausen überwiegend in Begleitung der beiden reizenden Damen, unten am Wasser, wo die Schiffe anlegen, mit Sonne in unseren Gesichtern, das Beste an diesem «Klapsmühlenlehrgang». Eine der beiden Damen hatte man wie mich zu 6 Monaten verdonnert, war nach drei Monaten aber wieder in Freiheit, hatte über Vitamin-B einen Job gefunden, über Beziehung, nicht durch die Hilfe des Trägers. Man muss dazu sagen, dass für jeden Teilnehmer, der in Arbeit kam, der Träger so eine Art Vermittlungsgutschein beim Jobcenter einlösen durfte, es winkte – wie man mir sagte – eine vierstellige Prämie, sozusagen als Lockspeise und Dankeschön für die Mühe, derer sich der Träger unterzogen hätte. Doch bekam die genannte Dame ihren Job nicht der Bemühungen des Trägers, sondern Hören und Sagens wegen. Dasselbe bei «Schweinchen Dick», war nur besagten Freitag da. Bevor er überhaupt beim Training erschien, hatte er bereits einen Job, nur den Arbeitsvertrag noch nicht unterschrieben. Hatte den Job in Eigenregie klar machen können. Auch er musste den Goldesel spielen.

Die andere Dame, Anfang 40, Geisteswissenschaftlerin, Sprachen, wollte unbedingt arbeiten. Im Oberstübchen alles heile, sympathisch, aber zu alt, will keiner haben, jede Menge Bewerbungen. Glücklicherweise hat dieselbe Dame mittlerweile, ebenfalls über Vitamin B, einen Job finden können, Verwaltung, unterhalb ihrer Qualifikation, aber immerhin.

Dann ein Systemgastronom mit zusätzlichem jedoch abgebrochenem Betriebswirtschaftsstudium, ebenfalls Anfang 40, ebenfalls keinen Spleen, wollte auch arbeiten, zu alt, Abstellgleis.

Irgendwann stand das Modul «Gesundheit» auf dem Programm. Das Ganze eine Lachnummer sondergleichen. Über Gewürze wurde diskutiert. Wie man Ingwertee zubereitet und ob man Kartoffeln mit der Schale verdrücken sollte. Und dass man sich eine Scheibe eingespeichelten Graubrots aufs Auge knallen sollte bei irgendeiner Entzündung. Ich wartete auf die Pinkeltherapien à la HEIDENREICH. Kam aber nicht. Danach war der Fitnessstab angesagt, hatte der Trainer mitgebracht. Langer Knüppel aus Fiberglas, mittig ummantelt mit Schaumstoff zum Anpacken, um das Ding in Schwingung zu bringen. Die Schwingungen übertrügen sich dann auf den Körper. Soll die Konzentration steigern und den Hintern straff machen. Jeder durfte mal abschwingen. Danach in den Supermarkt, Gemüseabteilung, Bio-Grünes inspizieren, was die Teilnehmer dazu nutzten, um sich einzudecken mit Kalorienbomben wie Schokolade und so fort.

Zwischendurch immer wieder irgendwelche Gewerbe-Messen, u. a. eine Personalmesse für Arbeitgeber. Highlight: ein medienbekannter Sunny Boy, Philosoph, referierte über die Arbeitswelt. Ansonsten alles uninteressant, da die Messe ausschließlich für Unternehmer gedacht war, bis auf die Cocktailbar. Machte gegen 17.00 Uhr im Basement auf, Cocktails gratis. Mit dem Systemgastronomen dort abgehangen, mächtig zugelangt, war ja alles umsonst. Kaum dass man seinen Caipirinha geleert hatte, stand der nächste schon auf dem Tresen. Großartige Stimmung. Irgendein Personalboss im edlen Zwirn, den ganzen Tag lang sich die Beine in den Bauch gestanden, hatte schon ein paar hinter die Binde gekippt und mischte die Barkeeper auf. Mit zwei Messe-Weibern geplaudert, wieder Entertainment pur.

Jeden Freitag gab es Fahrgeld, in einem verschlossenen Briefcouvert. Exorbitanter Verwaltungsakt: Liste ausfüllen, unterschreiben, Geld nachzählen. Für manchen die Rettung, konnte jetzt die Tüte sich vollmachen gehen beim Lebensmitteldiscounter, brauchte das Wochenende über nicht zu verhungern.

Summa summarum eine Riesenlachveranstaltung und wieder immenses Steuergeld zum Fenster rausgeworfen.

Nachwort

Hartz-4-Empfängern wird von den Jobcentern eingebläut, sie lebten auf Kosten der Allgemeinheit, schöben einen faulen Lenz, würden durchgefüttert vom Steuerzahler. Dagegen zu halten ist erstens obiges Urteil des Bundesverfassungsgerichts, dass nämlich jeder Bürger der Bundesrepublik Anspruch auf ein menschenwürdiges Existenzminimum hat, und zweitens, dass es soundso viele öffentlich Bedienstete, Staatsdiener, Politiker und Parteien sind, die ebenfalls vom Steuergroschen leben. Über Letztere redet niemand, müsste man aber reden. Ich frage mich, inwieweit diese nicht auf Kosten der Allgemeinheit leben, wenn man den bürokratischen Popanz, die braunen Schreckgestalten und den Ämterfilz sich anschaut. Wie viele Angestellte, die aus Steuermitteln finanziert werden, gehen Sisyphusbeschäftigungen nach? Das Selbsterhaltungshamsterrad der Weiterbildungsbranche wurde bereits skizziert. Wie viele arbeiten in den Jobcentern, deren Arbeitsplätze völlig überflüssig sind, weil sie das Elend bloß verwalten anstatt zu beseitigen?

Wenn ich darüber nachdenke, weswegen es mir nicht gelungen ist, im Wirtschaftswunderland eine Arbeitsstelle zu finden, dann kommen mir, abgesehen von Alter, zwei Dinge in den Sinn: zum einen der Konservatismus im öffentlichen Dienst und zum anderen die meiner Meinung nach «deutsche Neurose», wie sie gerade ebendort besonders krass sich artikuliert.

Die klassischen Stellen des Kunsthistorikers sind größtenteils im öffentlichen Dienst angesiedelt und dort ist ein Menschenschlag beschäftigt, der mir fremd ist und dem ich fremd bin. Das ist in etwa wie Feuer und Wasser. Im öffentlichen Dienst drehen sich ausschließlich funktionierende Räder. Man schaut nicht nach links und nicht nach rechts, nicht nach hinten und nicht nach vorne, nicht nach unten und nicht nach oben. Macht Dienst nach Vorschrift, Innovationen begegnet man mit Skepsis. Ich bin kreativ, möchte Neuland erkunden, Ideen realisieren. In einer Verwaltung würde ich zugrunde gehen. Dahingehend hatte ich mich viele Male bei Kommunen beworben. Kein einziges Vorstellungsgespräch, und das bei meiner «Überqualifikation». Opportunisten, Lügenbolde und Duckmäuser.

Ich bin der Ansicht, dass dieser falsch verstandene Konservatismus im öffentlichen Dienst, bei der Behörde oder beim Staat nur das Konzentrat deutschen Denkens und Verhaltens schlechthin ist. Alles, was irgendwie anders ist, was man nicht kennt, was man noch nicht gesehen hat, wird in Deutschland oft belächelt.

Ein mir bekannter Polaroid-Künstler, mittlerweile von europäischem Rang mit internationalen Ausstellungen, fing ganz klein an. Kam von unten, jobbte im Eros-Center am Tresen. Keine Lobby, kein privilegiertes Elternhaus. Als er noch ein No-Name war, wurde er als Spinner abgetan, weil er um der malerischen Ästhetik willen seine Polaroids in den Toaster steckte. Inzwischen lacht niemand mehr über ihn. Man zieht den Hut.

Meines Erachtens wäre ein STEVE JOBS in dem Deutschland von heute nur schwerlich denkbar, und das in dem Land der Dichter und Denker, der Entdecker und Erfinder. Deutschland muss sich seines avantgardistischen Geistes wieder bewusst werden. Der Prototyp des aktuellen Deutschen ist meiner Erfahrung nach provinziell. Man denke nur an die antiquierte Art und Weise, wie in Deutschland das Establishment über das Grundeinkommen[28] diskutiert. Perspektiven aus der ADENAUER-Ära, völlig überholt. Oder dass diejenigen, die auf der Sonnenseite stehen, die Agenda 2010 verteidigen mit dem Argument, das Ausland würde uns beneiden. Diese Herrschaften wissen nicht und wollen auch nicht wissen, wie es unten auf der sozialen Skala ausschaut. Das, was sie blühende Beschäftigungslandschaft titulieren, ist nichts anderes als ein Lügen-Konglomerat aus in die Irre führender Statistik und gesund gebeteten prekären Verhältnissen. Dabei schüfen mehr öffentlich geförderte

---

[28] Vgl. WAGNER, BJÖRN: Das Grundeinkommen in der deutschen Debatte – Leitbilder, Motive und Interessen. Hrsg. von Abteilung Wirtschafts- und Sozialpolitik der Friedrich-Ebert-Stiftung, Bonn 2009.

Arbeitsplätze mit klassischer Versicherungspflicht einen sozialen Mutterboden, von dem die deutsche Volkswirtschaft mehr profitierte als von der vermeintlich segensreichen Agenda aus dem Hause Rot-Grün. Doch beschwört das Establishment weiterhin einen abgehalfterten Status Quo von Anno Domini und sieht nicht die Chancen, die eine Reform der desolaten Arbeitsmarkt- und Sozial-Politik mit sich brächte. Antiquiertes Denken, auch deshalb, weil man Angst hat, um seinen Wohlstand gebracht zu werden, wenigstens heißt das: Immobilie und obere Mittelklasse-Kutsche. Wie überhaupt statt progressivem Denken die Religion schwarzer Salden regiert.

Nebenbei bemerkt, begegnete mir diese Antiquiertheit deutschen Denkens auch im Wissenschaftsbetrieb, zumindest was die Kunsthistorie anlangt. Mitte der 1980er Jahre hatte eine Koryphäe zu einem legendären rheinischen Goldschatz überzeugend Stellung bezogen, woraus eine jüngere Datierung desselben zwingend notwendig resultierte. Nichtsdestotrotz hält die Forschung am Althergebrachten fest, weil in grauer Vorzeit irgendwelche akademischen Denkmäler anderes haben zur Feststellung bringen können. Denkmäler, einmal aufgestellt, scheinen in Deutschland unantastbar zu sein. Man lebt und denkt im Gestern.

Ähnlich, was das geschilderte Berliner Institut anlangt, das bezogen auf deutsch-chinesischen Handel und Kulturaustausch den Fuß in die Tür bekam, bedauerlicherweise aber Konkurs anmelden musste. Auf der Behörde zog man das Ganze gar durch den Kakao, nach dem Motto «Drei Chinesen mit dem Kontrabass». Heute ist China auf dem Vormarsch und wird meines Erachtens eines Tages Supermacht Nr. 1 sein, zunächst in ökonomischer Hinsicht. Firmen reißen sich darum, mit Chinesen ins Geschäft zu kommen.

Tatsache ist, dass es in Zukunft immer weniger Arbeit geben wird. Langzeit- bzw. Sockelarbeitslosigkeit sind bereits heute unumkehrbar. Und für die Betroffenen muss eine Lösung gefunden werden. Die Menschen wollen arbeiten, sehnen sich nach einem Sinn in ihrem Leben.